LA MUSIQUE,

POËME

EN QUATRE CHANTS.

Quæ legat ipsa Lycoris.
Virg., *ecl. X.*

PARIS,

LE NORMANT, IMPRIMEUR-LIBRAIRE,
RUE DE SEINE, N°. 8.

1811.

Ce Poëme a été composé en l'année 1798.

PRÉFACE.

La musique offre un sujet de poëme presque neuf. Je ne connois que deux ouvrages en vers, écrits en notre langue sur ce bel art. Le premier est une épître divisée en quatre chants, qui parut en 1714, sans nom d'auteur. On y trouve l'histoire de l'état et des progrès de l'art en France et en Italie, et un parallèle des deux musiques, et plus particulièrement de la musique dramatique; mais l'anonyme traita très superficiellement la partie didactique de son sujet. Ce fut peut-être ce défaut qui l'engagea à retoucher son ouvrage et à lui donner une nouvelle forme. Il fit paroître en 1734 un poëme didactique en quatre chants. Il se corrigea peut-être un peu trop du vice dominant de son épître, du moins dans le premier chant, qui n'est guère qu'une aride dissertation dans laquelle il expose les principes du chant, et donne l'abrégé des règles de la composition. On trouve dans ce poëme des descriptions anatomiques et mécaniques, qui paroissent inaccessibles à la poésie et peu susceptibles de cette sorte d'intérêt qui l'anime et la fait vivre. L'anonyme semble s'être fait

1 *

un jeu de multiplier les difficultés sous sa plume; mais il ne lutte pas toujours heureusement contre elles. Ses deux ouvrages paroissent oubliés, et n'occupent aucun rang parmi nos monumens littéraires : je n'en ai tiré aucun secours.

Le poëme de la musique écrit en langue espagnole par dom Thomas d'Yriarte, et qui parut à Madrid en 1779, mérite plus d'attention. Cet ouvrage, qui jouit en Espagne d'une grande réputation, et dont les journaux français et italiens ont parlé avec éloge, ne m'a pas été inutile. Le plan est sagement conçu et habilement exécuté. L'auteur a surmonté heureusement les principales difficultés de son sujet. Sa versification est toujours élégante et harmonieuse, quoique dans presque tout le cours de son ouvrage, et particulièrement dans le premier chant, il soit entré dans les plus petits détails sur les élémens de la musique. Le poëme d'Yriarte mérite d'être lu et médité par les poëtes et les musiciens. J'ai cherché quelquefois à l'imiter, mais je n'ai pas osé suivre son exemple, et donner une aussi grande étendue à la partie didactique. Il me semble que notre nation exige plus qu'aucune autre qu'on adoucisse pour elle la sévérité des leçons, et que, suivant le précepte du Tasse, on enduise de miel les bords du vase. J'ai donc cherché à égayer cet ouvrage en y semant quelques épisodes propres à faire naître l'intérêt, à distraire agréablement le lecteur et à soutenir son attention. L'on ne doit pas s'attendre à y trouver tous les procédés de l'art et toutes les règles de la composition : un poëme n'est pas un traité. Dans une matière aussi vaste, dit Yriarte, il convient de choisir ce qui peut s'accommoder le mieux à l'expression poétique, et de suivre le précepte renfermé dans ces vers du grand et éternel modèle des poëtes didactiques :

« Non ego cuncta meis amplecti versibus opto :
» Non, mihi si linguæ centum sint, oraque centum,
» Ferrea vox......................... »

(VIRG., *Georg.*, *lib.* II.)

En un mot, je ne prétends pas enseigner la musique; mais je voudrois la faire aimer, je voudrois augmenter l'enthousiasme des Français pour cet art charmant.

L'on s'apercevra que j'ai cherché à embellir ce poëme des souvenirs d'un temps qui fera époque dans l'histoire de l'art; elle fut marquée par la rivalité de deux grands maîtres qui se disputèrent et s'arrachèrent tour-à-tour le sceptre de la scène lyrique. Paris sembla se partager en deux factions également animées d'un grand enthousiasme pour leurs chefs et d'un amour éclairé pour leur art. Depuis ces jours d'une gloire pure

et paisible, cette grande capitale a vu s'agiter dans son sein des partis plus dangereux
que les gluckistes et les piccinistes. Heureusement, le règne des Vandales de la fin du
dix-huitième siècle n'a pas été de longue durée ! La France a vu tomber un gouvernement ombrageux et ennemi des sciences. Le
talent n'est plus un crime : les arts agréables,
et en particulier la musique, semblent faire
tous les jours de nouveaux progrès. Gluck,
Piccini, Sacchini ont formé des élèves dignes
d'eux, et tout annonce que l'art du chant ne
perdra rien de ses succès et de sa gloire. Puisse
ce foible ouvrage contribuer à en répandre
le goût ! Puisse-t-il du moins donner aux
personnes qui prendront la peine de le lire
une partie du plaisir que j'ai goûté en le
composant.

LA MUSIQUE,

POËME.

CHANT PREMIER.

Essayant à mon tour le langage des Dieux,
J'ose tracer les lois du chant mélodieux.
O vous qui, sur les pas du Dieu de l'harmonie,
Cultivez ce bel art, ornement de la vie ;
Vous qui réunissez dans nos savans concerts
La douce mélodie et le charme des vers ;
Vous qui, toujours au Goût comme aux Grâces fidelles,
Mariez votre voix à la harpe des belles ;
Ou dans ce temple aux arts élevé dans Paris,
D'Euterpe et d'Erato vous disputez les prix ;
Venez ; accourez tous : je chante votre gloire.
De l'art que vous aimez je tracerai l'histoire ;
Je parlerai du chant, des airs et de la voix ;
Aux instrumens divers je prescrirai des lois,
Et, des maîtres fameux évoquant le génie,
Je peindrai dans mes vers les jeux de Polymnie.

La musique d'abord a fleuri dans ces lieux
Où la Grèce a placé le berceau de ses Dieux.
C'est à l'antique Hermès qu'elle doit la naissance.
Bornée à peu de sons aux jours de son enfance,

Mais auguste et touchante en sa simplicité,
Elle fut consacrée à la Divinité ;
Et, quand le Nil grossi du tribut des montagnes,
De son eau limoneuse engraissoit les campagnes,
Il voyoit sur ses bords le grand-prêtre d'Isis
Chantant, le sistre en main, les louanges d'Apis.
Cécrops alla régner aux rives de l'Attique :
A son peuple sauvage il donna la musique.
Danaüs à son tour la porta dans Argos.
La Grèce dut au Nil ses arts et ses héros.
Cadmus, cherchant Europe aux champs de Béotie,
Aux Thébains enseigna sa simple mélodie.
La Grèce aima long-temps ses premières chansons ;
Long-temps de l'aigre sistre elle écouta les sons.
Orphée enfin parut ; il inventa la lyre :
L'art eut son âge d'or. Puis-je ne pas redire
Ces récits qui long-temps ont charmé l'univers,
Et que le vieil Homère a placés dans ses vers ?
Des sommets escarpés du Rhodope sauvage,
Aux accords de la lyre, auprès de son rivage,
L'Hèbre vit à pas lents descendre les ormeaux.
Aux accens d'Arion, s'élevant sur les eaux,
S'avancent deux dauphins, amans de l'harmonie ;
Au charme de son luth Arion doit la vie.
Déjà Thèbes n'est plus : Amphion a chanté,
Et devant lui s'élève une immense cité.
Sparte va de ses mains déchirer ses entrailles.
Terpandre vient : la paix renaît dans ses murailles.   1
La trompette guerrière appelle ses soldats ;
A la voix de Tyrthée ils volent aux combats.
La musique adoucit les mœurs de l'Arcadie :   2
Telle étoit en ces temps son heureuse magie.

Elle dut ses succès à sa simplicité.
Mais bientôt insultant à sa timidité,
De hardis novateurs, d'une riche parure,
Essayèrent d'orner sa beauté noble et pure.
Ils osèrent, bravant les cris de leurs rivaux,
Y faire entrer des tons et des accords nouveaux,
Et de l'échelle antique étendre le système.
Ils agrandirent l'art. Timothée osa même
Faire entendre dans Sparte, aux deux rois étonnés,
Du clavier de Milet les sons efféminés.
Vainement un décret le chassa de l'Empire,
Priva de quatre sons sa criminelle lyre,
Et de l'antique goût rétablissant l'honneur,
Condamna de son art le charme empoisonneur ;
Le reste de la Grèce, à ses lois infidelle,
Embrassa par degrés la doctrine nouvelle.
La musique, long-temps soumise à l'art des vers,
Esclave révoltée, osa briser ses fers.
Elle avoit, attentive aux lois de Melpomène,
Prêté ses nobles chants aux maîtres de la scène.
Elle avoit égayé de ses magiques sons
Du vieillard de Théos les aimables chansons.
Tout-à-coup elle invente une langue hardie.
D'un joug impérieux noblement affranchie,
Elle enfantoit déjà des prodiges nouveaux,
Quand, des lieux que le Tibre arrose de ses eaux,
L'aigle romaine osa s'avancer et descendre
Aux champs de Marathon, aux Etats d'Alexandre.
Tout céda : mais des arts la magique beauté
Soumit à son pouvoir le vainqueur enchanté.   3
La lyre entra dans Rome ; et la nouvelle école
De sons inusités emplit le Capitole.

Des conquérans du monde elle embellit les jours.
La scène dramatique emprunta son secours.
Dans les champs de Mantoue on entendit Virgile,
Mariant à sa voix un chalumeau docile,
Sous un hêtre touffu goûtant un doux repos,
Du nom d'Amaryllis attendrir les échos,
Et chanter son Gallus errant sur le Parnasse.
Aux rivages du Tibre, Auguste vit Horace
Accompagnant les chœurs, et chantant aux Romains
Des vers jusqu'à son siècle inconnus aux humains.
　La musique fleurit. Les Césars et l'Empire,
Néron même honora les maîtres de la lyre ;
Mais bientôt les Saxons, les hordes des Germains,
Et les Goths et les Huns, la terreur des Romains,
Y vinrent du Volga, des glaces de Norwége.
Tout périt sous leurs coups, et leur main sacrilége
De la science en pleurs éteignit le flambeau.
L'Europe, sous leurs lois, fut un vaste tombeau.
Une foible lumière, amenant l'espérance,
Vint enfin dissiper la nuit de l'ignorance.
Dans ces temps de ravage et de férocité,
Le plain-chant, par Ambroise, à Milan inventé,
Dans les temples sacrés, au fond des monastères,
Avoit sauvé ses clefs et ses modes austères.
Du système des Grecs monument précieux,
Conservé cinq cents ans loin des profanes yeux,
Ce reste antique et pur fut l'heureuse étincelle
Qui ralluma dans Rome une flamme nouvelle.
Tel que l'heureux phénix, l'art brisa son tombeau,
Et près des bords du Tibre il trouva son berceau.
Guy paroît ; et d'abord, le plain-chant monotone
Aux six sons de sa gamme accorde la couronne.

Nivers leur associe un nouveau demi-ton, 4
Et déjà les enfans d'Euterpe et d'Apollon
Parcourent sans détour l'échelle harmonieuse,
Et chassent en riant la muance honteuse.
Bientôt l'on façonna le premier clavecin :
Long-temps cet instrument eut un heureux destin ;
Atteignant aujourd'hui le déclin de son âge,
Il laisse au piano son superbe héritage.
Guy de son clavecin accompagnoit sa voix.
Enfin le contre-point naît, parle sous ses doigts : 5
L'Italie admira ce nouveau phénomène.
Avant Guy, dans l'église, aux concerts, sur la scène,
L'antienne, le rondeau, la naïve chanson,
Ne connoissoient encor que le simple unisson.
Seulement, à son aide, appelant la muance,
L'octave déployoit sa douce consonnance :
L'art ouvrit par degrés ses immenses trésors.
A Rome on augmenta le nombre des accords,
Et la tierce et la sixte au plain-chant interdites,
Par la Grèce autrefois sévèrement proscrites,
De l'orgue épouvantée assiégeant les degrés,
Pénétrèrent au temple et dans les chants sacrés.
L'Eglise murmura de ce nouveau délire.
La quarte vainement défendit son empire. 6
En vain Jean foudroya ces hardis novateurs
Du contre-point moderne imprudens inventeurs ;
La musique profane en para la cantate,
Et le drame naissant, et la triste sonate.
Il vient ce siècle où Rome en ses remparts sacrés
Admira les savans par le sceptre honorés.
O Léon, ta maison en grands princes fertile
Leur ouvrit dans Florence un riche et noble asile !

Les enfans d'Apollon près des trônes assis
Célébroient en tous lieux le nom des Médicis.
Leurs bienfaits des talens étendirent la gloire,
Et bientôt le théâtre et le conservatoire
Par le peuple applaudis, par le prince admirés,
Au comble de leur art montèrent par degrés.
Bologne aussi brilla dans cette noble guerre;
Toi surtout, lieu charmant, Naples, heureuse terre
Que Virgile autrefois célébra dans ses chants;
Toi qui lui fis aimer la nature et les champs:
C'est dans tes murs fameux et chers à Polymnie
Que ce chantre immortel, l'honneur de l'Ausonie,
Le divin Pergolèse ouvrit ses yeux au jour;
Lui qu'on vit, jeune encore, enchanter tour-à-tour
Les temples, les palais, le concert et la scène,
Et parcourir de l'art tout le vaste domaine.

Tandis qu'en Italie un Auguste nouveau
Du génie et du goût rallumoit le flambeau,
Londre, avant ce bel âge, aux muses étrangère,
Du midi de l'Europe attendoit la lumière,
Et chantoit, aux grands jours, en barbare latin,
Un plain-chant lent et grave, enseigné par Austin.
Ses bardes, dispersés sur ses tristes rivages,
A la harpe unissoient leurs chants durs et sauvages.
Ils apprirent enfin de plus douces chansons;
Les Grâces de la harpe adoucirent les sons.
Handel, dont Albion conserve la mémoire,
Alla de l'art dans Londre étendre encor la gloire;
Tandis qu'en Germanie, aux remparts fortunés
Habités par Thérèse et par l'Ister baignés,   7
Hasse, comme Handel, rival de l'Ausonie,
Charmoit Joseph des fruits de son heureux génie.

Là, le chantre immortel de Caton, de Titus,
Le peintre de l'amour et des nobles vertus,
Metastase, disciple, émule de Racine,
Pour Hasse préparoit cette langue divine
Que l'amour inventa pour charmer la beauté.
Elle avoit la douceur, le nombre et la clarté ;
Mais, il faut l'avouer, sa noblesse et ses grâces
Dégénèrent souvent en burlesques grimaces.
Je vous prends à témoin, ô vous qui dans Paris
Naguère de la voix vîntes chercher le prix ! 8
L'on admira d'abord la pure mélodie
Que de la Grèce antique hérita l'Italie ;
Le contraste des tons et le goût pur du chant,
Et ce récitatif si simple et si touchant,
Cet orchestre doué de force et de souplesse,
Et qui, du chronomètre égalant la justesse,
Amant de la mesure et fidèle à ses loix,
Sans la couvrir jamais accompagnoit la voix ;
Mais ces drames confus, ces pastiches grotesques,
Et la caricature, et les lazzis burlesques,
Ces vices de terroir, à Florence accueillis,
Ne pouvoient jamais plaire à des esprits polis.
Le Français au théâtre, ami de la sagesse,
Exige la raison et la délicatesse,
Et, noble dans ses goûts, sage dans ses desirs,
Cherche la dignité jusque dans ses plaisirs.
Tel fut, François, l'honneur de la chevalerie,
Qui, dans sa cour guerrière, et galante et polie,
Attira la beauté, les muses, les amours,
Et du goût renaissant vit luire les beaux jours.
Tel fut Louis, ce roi d'immortelle mémoire,
De qui la main du temps accroît toujours la gloire,

Et qui, rival heureux du second des Césars,
A donné son grand nom au beau siècle des arts.
En tous temps, en tous lieux, il aimoit la décence.
La majesté, l'éclat et la magnificence
Qui régnoient dans ses camps, aux fêtes de sa cour,
Embellissoient la scène, ennoblissoient l'amour.
En ce temps fortuné, des talens, du génie,
Paris étoit l'amour, le temple et la patrie ;
Et dans le sein du Louvre et sur ses bords charmans
La Seine vit d'Euterpe accourir les amans.
Tous les trésors du goût enrichirent la France ;
Mais seule, prolongeant son éternelle enfance,
Monotone, traînant sa mourante langueur,
La musique rampoit, sans style et sans vigueur.
La chanson, qui nous vint des bords de la Durance,
Le malin vaudeville et jusqu'aux airs de danse,
Gavotte, rigaudon, sans grâce et sans gaîté
Déployoient lentement leur triste gravité.
Mazarin vainement encouragea la scène ;
La muse de Lambert, telle qu'une Syrène,
Embellit de ses chants les cercles, le concert ;
Mais l'opéra n'avoit que Perrin et Cambert.
Polymnie incertaine alloit s'enfuir peut-être,
Lorsqu'au sein de son temple on vit Lulli paroître;
Lulli né dans les murs soumis aux Médicis ;
Mais dès sa tendre enfance élevé dans Paris.
Il montra jeune encor, son goût et son génie.
La basse gémissoit au joug assujettie ;
Accompagner étoit son unique devoir :
Lulli la fit parler, étendit son pouvoir.
La sonate reçut le germe de la vie :
Alliant la douceur, la grâce et l'énergie,

Quinault offroit des vers nobles, doux et touchans,
Lulli les embellit des plus aimables chants.
Il connut le premier le secret difficile
De donner à des sons un sens, une ame, un style;
De peindre par le rhythme et les modes divers,
De noter la parole et d'animer le vers.
Lulli fut, en un mot, inventeur en musique ;
Mais il ménagea trop le goût de chant antique,
Les froids récitatifs longuement languissans,
La cadence insipide et les airs gémissans.
Cependant les Campra, les Marais, les Colasse
Destouches, Baptistin marchèrent sur sa trace.
Tour-à-tour de la lyre ils s'arrachoient le prix;
Mais Rameau tout-à-coup se montra dans Paris ;
Dès ses plus jeunes ans il quitta sa patrie,
Et chercha des leçons dans l'heureuse Étrurie.
La nymphe de l'Allier l'avoit vu sur ses bords,
Elle avoit de son orgue entendu les accords.
Transporté tout-à-coup aux jeux de Melpomène,
Transfuge de l'église, il monte sur la scène,
Et de tours inconnus, de pathétiques airs ;
De Bernard, de la Motte il embellit les vers.
Il anime du feu de son mâle génie
Le triste concerto, la froide symphonie.
Tout son siècle admira la beauté de ses chœurs,
Dans le ballet joyeux il n'eut point de vainqueurs,
Et le Tibre et l'Arno sur leurs charmans rivages
Entendirent cent fois l'air pompeux des sauvages.   9
Rameau ferma les yeux, et tout Paris en deuil
Courut jeter des fleurs autour de son cercueil.   10
Euterpe alloit pleurer auprès du mausolée,
Gluck se montre à sa vue, elle rit consolée.

Elle tenoit Castor, il tombe de ses mains.
Gluck né pour les Français au pays des Germains
 Fit long-temps de son art une étude profonde ;
Crême admira les fruits de sa lyre féconde.
Ils germèrent d'abord sous son heureux climat :
Parme et son jeune infant, Venise et son sénat,
 Aux tendres pleurs d'Alceste, aux nobles chants d'Orphée
 Virent par le bon goût la cabale étouffée.
Nul ne sut mieux parler et peindre par les sons,
Et ne nous a laissé de plus grandes leçons.
 D'un goût sévère et pur dans ses sublimes scènes,
Il préféra toujours les Muses aux Syrènes, 11
Et, semblable aux anciens, aima la vérité,
La raison, la nature et la simplicité.
D'un nœud plus fraternel la noble Polymnie
 A sa sœur Melpomène en France fut unie.
Gluck du style germain lui donna la vigueur,
D'une nouvelle vie il anima le chœur.
Jadis de l'action spectateurs inutiles,
Alignés sur deux rangs, froidement immobiles,
Même dans Ernelinde, au chœur le plus touchant, 12
Les choristes chantoient comme on chante au plain-chant.
Gluck paroît, tout revit, tout s'anime à sa vue,
Il fait un corps vivant d'une froide statue.
Au camp d'Agamemnon voyez-vous ces soldats
 A grands cris en tumulte environner Calchas !
Et lorsque le grand-prêtre, en ministre fidelle,
 A déclaré des Dieux la volonté cruelle,
Les voyez-vous émus, levant les mains aux cieux,
 Adresser à Diane un chant religieux !
C'est Gluck qui leur donna la chaleur et la vie,
Je crois entendre Achille et les guerriers de Phtie.

Ce n'est plus une douce et vaine fiction ;
Je suis au camp des Grecs, j'assiste à l'action.
Ah ! la Grèce enviroit ces superbes spectacles,
Et, comme les anciens, nous avons nos miracles.
Ce n'est pas en chantant que le plus grand des Czars,
Pierre, de Pétersbourg éleva les remparts. 13
Frédéric, ce grand roi, cher au dieu de la guerre,
Qui du bruit de son nom épouvanta la terre,
Unit l'aigle de Prusse aux heureux léopards,
Et fit aux champs d'Egra flotter ses étendards ;
Frédéric à des chants ne dut point la victoire ;
Par un chemin plus noble il voloit à la gloire :
Pour régner et pour vaincre il eut d'autres secrets.
Mais aux superbes lieux où du Mançanarez
Sans orgueil et sans bruit, coule l'onde paisible,
L'Ibère, de ses rois ami tendre et sensible,
Plaignit du grand Dauphin le fils infortuné, 14
A la mélancolie, aux chagrins condamné.
Dans les tristes accès d'un funeste délire,
Le roi laissoit flotter les rènes de l'Empire :
Tout-à-coup il entend un chant mélodieux ;
C'étoit Farinelli. 15 Philippe ouvre les yeux,
A ses accens divins prête une avide oreille,
Se lève, se ranime... O subite merveille !
Changement étonnant ! bonheur inattendu !
Philippe à ses sujets, à son fils est rendu.
Le pasteur, attiré du fond de l'Helvétie,
Qui, garde de nos rois, leur consacroit sa vie,
N'a-t-il pas autrefois déserté ses drapeaux,
En écoutant cet air qu'en paissant ses troupeaux, 16
Près des rives du Russ il avoit fait entendre.
Le fifre lui rappelle un souvenir trop tendre.

2

Il fuit : son ame s'ouvre aux plus tristes regrets ;
Il traverse en pleurant les fleuves, les forêts :
Une barbare loi menace en vain sa vie ,   17
Il veut revoir sa sœur, son père et sa patrie ;
Mais c'est surtout aux champs, aux vallons fortunés,
Enceints par l'Apennin, par le Tibre baignés,
Qu'en tout temps déployant ses aimables prestiges,
La musique enfanta de plus rares prodiges.
Muse, dis le bonheur du jeune Stradella,   18
Dis comment il soumit le cœur de Corilla;
Du nom de ces amans conservé d'âge en âge
Viens charmer mon oreille et parer mon ouvrage.
    Corilla dans Venise avoit reçu le jour,
Elle étoit de sa mère et l'orgueil et l'amour ;
Son visage étoit beau, son ame douce et pure.
L'art en elle embellit les dons de la nature,
Et cultiva son goût dès ses plus jeunes ans ;
Sa candeur, ses vertus et ses talens naissans,
Son aimable pudeur, les grâces de son âge,
Tout en elle charmoit. D'un doux et tendre hommage
Le fils d'un sénateur vint flatter Corilla :
Toujours au nom d'amour un jeune cœur trembla ;
Mais Lysis prodigua les plus doux artifices,
Les larmes, les sermens et les légers services,
Et le desir de plaire, et les soins complaisans ,
Les fêtes et les vers, les fleurs et les présens.
Il plut : il fut aimé. Mais long-temps dans son ame ,
Corilla de l'amour cacha la douce flamme.
Enfin de son amant elle écouta les vœux :
L'hymen les attendoit, ils alloient être heureux..
Sermens vains et trompeurs ! espérance inutile !
Un jour on célébroit la fête de Cécile.

L'orgue avoit commencé son chant religieux,
Tout-à-coup on entend des sons mélodieux.
Sur l'instrument fécond qui, vainqueur de la lyre,
Dès sa naissance obtint les honneurs et l'empire
Et d'un trouble secret charma l'ame et les sens,
Stradella déployoit des accords ravissans ;
Stradella né dans Naple, et qui, dès son jeune âge,
Avoit fait de son art un long apprentissage.
Nul plus habilement n'accompagna la voix ;
La corde retentit et parle sous ses doigts.
La jeune Corilla doucement recueillie
D'un si rare talent admire la magie,
Et son ame sensible aux douceurs d'un beau chant,
Pour le Napolitain sent un secret penchant.
Mais l'enchanteur paroît : il s'avance. A sa vue
Corilla sent un trouble, une flamme inconnue :
L'image de Lysis s'efface de son cœur.
L'amour murmure en vain : le talent est vainqueur.
Du jeu de Stradella la force et la souplesse,
La douceur de son chant, sa voix enchanteresse,
De la jeune beauté charme, agite les sens :
La rougeur, l'embarras trahit ses feux naissans.
Quand Stradella chantoit, elle vouloit l'entendre.
A son enthousiasme un sentiment trop tendre
Vint unir par degrés son charme dangereux:
L'artiste fit parler ses desirs et ses feux ;
Il aima Corilla comme il fut aimé d'elle.
Au Dieu des tendres cœurs seroit-elle rebelle?
Bientôt Rome reçut dans ses sacrés remparts
Les deux amans unis par l'amour et les arts.
Stradella tour-à-tour dans une douce ivresse,
Cultivoit la musique et chantoit sa maîtresse.

L'hymen qu'il invoquoit vint couronner ses vœux.
Dans le temple de Pierre, un jour l'époux heureux
Associoit au chœur, à sa sainte harmonie,
De son doux violon la pure mélodie.
Rome admire son jeu. Distraite par l'amour,
La tendre Corilla l'applaudit à son tour.
Le chœur enfin se tait; le sacrifice cesse.
Tout-à-coup un jeune homme avance, fend la presse,
Les bras levés aux cieux, le regard enflammé.
C'étoit.... c'étoit Lysis. Par la rage animé,
Il est venu chercher une amante perfide.
Un plus heureux transport à l'orchestre le guide.
Il vient. Il aperçoit..... O surprise! ô fureur!
Il voit les deux amans, et jette un cri d'horreur.
Il sent en lui renaître une flamme jalouse;
Il veut percer l'époux dans les bras de l'épouse.
Tout-à-coup, ô merveille..... immobile, éperdu,
Il sent trembler le fer dans sa main suspendu.
L'amitié, par degrès succède à la colère;
Dans un rival heureux il ne voit plus qu'un frère,
Et d'un pur sentiment doucement agité
Pardonne à Corilla son infidélité.
Corilla quelque temps égarée, interdite,
S'abandonne en pleurant au trouble qui l'agite;
Sans parole, les bras élevés vers les cieux,
Elle tombe mourante; elle ouvre enfin les yeux :
Un époux la console, un ami la rassure.
Lysis n'est plus qu'ami; son ame est noble et pure.
Stradella s'attendrit, et passe tour-à-tour
Des bras de l'amitié sur le sein de l'amour.

FIN DU CHANT PREMIER.

CHANT DEUXIEME.

———

Le bel art dont mes vers célèbrent les attraits
A ses écueils cachés et ses profonds secrets :
C'est une mer perfide et féconde en naufrages.
O vous donc qui, bravant les flots et les orages,
Sur ce vaste Océan conduisez vos vaisseaux,
N'allez pas au hasard, au milieu de ses eaux,
Confier votre voile aux fiers enfans d'Eole ;
Rousseau va vous servir de guide et de boussole.
Jeune homme, que ton cœur soit ton juge et ta loi.
Le génie est un don : s'il n'est pas né dans toi,
Si tu ne connois pas sa flamme et son délire,
Tu n'en auras jamais : va, laisse là ta lyre.
Le génie à ses chants soumet tout l'univers :
Que son pouvoir est doux ! Embellissant les vers,
Emule du discours, frère de la peinture,
Par des sons il nous parle, il nous rend la nature,
Donne au silence même une secrète voix,
Réveille notre cœur et lui dicte ses lois,
Cherche et montre l'image à l'ame retracée,
Exprime la parole et note la pensée.
La tendre volupté qu'animent ses accens
De son charme magique enchante, émeut nos sens.
Prêtant à la douleur le plus touchant langage,
Il amollit enfin le cœur le plus sauvage ;
De Vernet, de l'Albane égale les pinceaux,
Et reproduit leur art en ses heureux tableaux.

Sens-tu de ce beau feu quelque noble étincelle ?
Vole à Naples : c'est là que la gloire t'appelle.
Du divin Pergolèse écoute les accords.
Si ses chants dans ton ame excitent des transports,
Au *Stabat*, au *Credo* si tu trouves des charmes, 2
Si tu sens de tes yeux couler de douces larmes,
Métastase t'appelle, il t'offre ses beaux vers ;
Le feu de son génie animera tes airs.
Cours, vole : cependant choisis un sage guide.
Qu'à tes premiers travaux la science préside.
Lis, médite long-temps les écrits de Rameau.
Prends Gluck pour ton modèle, et pour juge Rousseau.
Pour guider le talent des règles sont prescrites,
Et le goût au génie a marqué des limites.
Des maîtres de ton art écoute donc la voix,
Et connois ses écueils, ses trésors et ses lois.
   Unis des doux liens d'un penchant sympathique
Le son et la mesure ont formé la musique ;
Le hasard a donné la première leçon :
C'est un corps résonnant qui fit trouver le son.
Un organe sensible, une voix douce et pure
Est un rare bienfait, un don de la nature.
L'exercice et le goût peuvent la corriger :
Sachez donc l'adoucir, sachez la ménager.
Elle devient enfin et légère et docile.
Il faut de longs travaux, et l'art est difficile.
Il faut surtout du rhythme étudier les lois :
Il faut à la mesure assujettir sa voix.
Si vous ne la suivez en disciple fidelle,
En vain vous m'étalez une scène nouvelle,
Vous me chantez en vain un air noble ou touchant ;
La mesure, en un mot, est nécessaire au chant.

Des genres différens connoissez la nature.
L'oreille des anciens, et plus fine et plus sûre,
Pouvoit apprécier les nuances des sons ,
Et trois genres divers varioient leurs chansons.
Les modernes à deux ont borné la science,   3
Et leur firent former une étroite alliance.
Unis des doux liens de la fraternité ,
Ils donnent à nos chants plus de variété.
Ainsi la main de Greuse , imitant la nature ,
D'un coloris magique embellit la peinture ,
Et de l'ombre et du jour forme un contraste heureux.
N'allez pas toutefois, novateur dangereux ,
Redonnant la lumière au genre en-harmonique,
De tiers, de quarts de ton surcharger la musique.
Ce genre merveilleux convient mal aux Français,
Et Rameau dans son temps l'essaya sans succès.   4
Vous donc ne changez point les antiques méthodes ;
Conservez seulement deux genres et deux modes.
Maniés par le goût, guides heureux du chant,
Deux modes au génie ouvrent un vaste champ.
Connoissez , méditez leurs divers caractères,
L'art que nous cultivons a de secrets mystères :
Le majeur est plus fier et plus impétueux ;
Le mineur plus sensible et plus voluptueux.
Tous deux également composent leur parure
Des accords primitifs que donna la nature,   5
Et d'un ordre de sons à l'oreille étranger ,   6
Mais qu'un goût délicat se plaît à corriger.
L'un chante le plaisir , la gaîté , la folie ;
L'autre peint la douleur et la mélancolie ,
La volupté touchante et les tendres desirs.
Vous y ménagerez des pauses, des soupirs ;

De ces silences courts la secrète magie
Aide à l'expression, augmente l'énergie.
L'un aime l'allégro qui le suit en courant,   7
Ses temps précipités roulent comme un torrent,
Ses croches en fuyant, dans leur course légère
Peignent le désespoir, le trouble et la colère.
On vante son éclat et sa mâle vigueur ;
Du tendre adagio l'autre aime la langueur.
L'adagio nous rend l'amour et sa foiblesse.
L'on aime sa douceur, sa grâce et sa mollesse.
Voulez-vous mettre en chant la naïve chanson,
Qu'à la ronde, à souper, l'on chante à l'unisson.
Déployez du majeur les tierces éclatantes.
Mais peignez-vous l'amour, les craintes des amantes !
Voulez-vous embellir de sensibles accens
D'un amant malheureux les vers attendrissans ?
Empruntez au mineur son gracieux langage.
La romance surtout, amante du bocage,
De ce mode touchant charme l'écho des bois.
O belles ! le mineur convient à votre voix :
Par sa douceur aimable il amollit notre ame,
Et d'un amour naissant y fait naître la flamme.
Belles, par vos accens notre cœur est ému.
Quel mortel n'en connoît la secrète vertu !
Le desir d'égaler leur charme et leur magie
Introduisit jadis au sein de l'Italie
Un usage barbare, en Asie inventé,
Et par un Turc jaloux au sérail adopté.
Vainement, déployant leur puissance suprême,
Les papes contre lui lancèrent l'anathème.
Des pères même..... O Dieux ! Barbares, arrêtez.
Quel est le triste fruit de tant de cruautés ?

Souvent, il est trop vrai, ce honteux sacrifice,
En dégradant les mœurs, a servi l'avarice.
A Rome, dans Florence, on a vu quelquefois
Des chanteurs égaler les richesses des rois.
Un Amphion nouveau, d'un superbe portique   8
Embellit près de Naple un palais magnifique ;
Et le Tibre étonné vit par de doux accords
Les trésors de l'Europe attirés sur ses bords ;
Mais d'un goût monstrueux la nature se venge,
Des douceurs, des dégoûts l'équivoque mélange
Ne remplit qu'à demi vos coupables desirs,
Et vous êtes, Romains, trompés dans vos plaisirs.
Ecoutez cette voix éclatante et factice
Qui vous peint les douleurs d'Oreste ou de Narcisse : 9
Ces accens clairs et purs sont d'un rare chanteur ;
Mais y sentez-vous l'ame et le feu de l'acteur ?
Consultez la raison, consultez la nature ;
Il faut à l'harmonie, ainsi qu'à la peinture,
Des nuances de ton, des contrastes heureux,
Et le grave et l'aigu doivent lutter entre eux.
Le Français dans ses goûts plus heureux et plus sage,
Des différentes voix fait un juste partage,   10
Et leurs genres distincts sagement mesurés,
Dans l'échelle des sons choisissant leurs degrés,
Divisés, écartés par de longs intervalles,
Forment un doux tableau de teintes inégales.
Venez à ce concert au Louvre préparé,
Dans nos solennités au Seigneur consacré ;
Ecoutez cette voix si touchante et si belle :
C'est Todi ; c'est du chant le plus parfait modèle.   11
Dès que vous entendez ce grand nom de Porus,   12
Vos yeux versent des pleurs et vos cœurs sont émus.

Vous louez de Todi la voix pure et flexible ;
Mais son plus beau talent, c'est une ame sensible.
Regardez son émule ; écoutez ses accens :   13
Un charme involontaire, émeut, trouble vos sens.
Qu'Amantini de l'art étale les merveilles,   14
De son timbre éclatant il charme nos oreilles ;
Mais si nous entendons Chéron, Rousseau, Lays,
Ensemble nous chanter cet *O salutaris*   15
Que Gossec enrichit de sa pure harmonie,
De leurs talens unis l'heureuse sympathie
Nous donne le plaisir de la diversité.
Tout charme se détruit sans la variété :
Des chanteurs de l'Arno les superbes finales,
Dans des tons différens m'offrent des voix égales ;
J'en entends six, et n'ai qu'une espèce de son :
Mon oreille est blessée, ainsi que ma raison.
Il le faut avouer, cette monotonie
Altère la beauté des chants de Polymnie.
Notre scène l'exclut. Elle ne sied pas mieux
Aux hymnos solennels, aux airs religieux.
Dans nos temples sacrés l'oratoire sévère
De l'auguste plain-chant garda le caractère.
Son ton majestueux, sa mâle austérité
Convient à la grandeur de la Divinité.
Loin de lui ces canons et ces recherches vaines
Du contre-point gothique et du chant des Syrènes.
Imitez du *Stabat* le ton mélodieux :
Un style noble et pur seul convient aux saints lieux.
Point d'affectation ; c'est votre loi première.
Allez à Westminster. Ecoutez la prière   16
Qu'Albion au Seigneur adresse pour ses rois,
Et que le vieux guerrier entendit tant de fois ;

Contemplez tout ce peuple immobile, en silence :
Il semble de Dieu même adorer la présence.
C'est ce chant qui l'élève à la Divinité :
Imitez sa noblesse et sa simplicité.
Disciples de David, d'Ambroise et de Cécile,
17 Durantes de nos jours, rivaux de Mondonville, 18
C'est en vain qu'animés du feu pur et divin
Que le Dieu qu'ils chantoient alluma dans leur sein,
D'hymnes harmonieux et dignes de lui plaire
Vous feriez retentir les murs du sanctuaire,
Je regarde et je vois dans cet auguste lieu
Des hommes dégradés, indignes de ce Dieu.
Ah ! fermez-leur l'enceinte à l'arche consacrée,
Du concert seulement qu'ils conservent l'entrée.
Là pour le virtuose il est d'autres emplois;
Il y prodiguera le charme de sa voix.
Pour vos rares chanteurs, pour vos froids automates,
Faites de Scarlatti revivre les cantates. 19
Ce beau genre long-temps du succès couronné,
De nos jours par la mode à l'oubli condamné,
Ouvroit un vaste champ aux enfans de la lyre :
Que Circé vienne encore y chanter son délire;
Que j'entende tonner sa redoutable voix;
Que tous les élémens se troublent à la fois.
Mais ne prodiguez pas les ornemens frivoles:
Fidèle traducteur, imitez les paroles;
Etudiez la langue et ses divers accens,
Et surtout évitez l'absurde contre-sens.
D'un amant malheureux je vous peins la tristesse,
Et vos temps sautillans respirent l'allégresse;
Vestris doit déployer sa grâce et sa vigueur,
Et vos airs de ballet me peignent la langueur :

La raison devant vous s'enfuit épouvantée.
La prosodie aussi veut être respectée.
Le vers se précipite en dactyle léger ;
La note comme lui doit fuir et voltiger.
Boileau vous peint du bœuf la marche grave et lente:
Imitez de ses vers l'harmonie indolente.
En un mot, la musique a, comme le discours,
Ses règles, ses repos, ses phrases et ses tours.
Mais que fais-je? où m'emporte une indiscrète audace?
Haletant sur les pas de Lucrèce et d'Horace,
Dois-je d'un professeur prendre le grave ton ;
Vous parler d'un comma, d'un lemme, d'un triton,
De l'échelle par Guy dans Arezzo trouvée,
Ou d'une dissonnance heureusement sauvée,
Et de ce qu'en leur temps Fux, Tartini, Rameau,   10
Ont dit dans leurs écrits commentés par Rousseau?
Non, ma Muse timide imitera Delille :
S'écartant du sentier qu'avoit tracé Virgile,
Il enseigne à goûter la douce paix des champs ;
Puissé-je faire aimer la musique et ses chants !
Que Rousseau, lui prêtant son mâle et beau génie,
Enseigne les secrets, les lois de l'harmonie ;
Moi je ne forme pas un si hardi projet,
Et n'offre que la fleur de mon vaste sujet.
Telle l'abeille suce au lever de l'aurore
La rosée et les sucs du lis qui vient d'éclore,
Et de ces doux tributs du printemps et du ciel
Enrichit sa cellule et compose son miel.
Ah! puissé-je, égayant les leçons de l'école,
Plaire au lecteur français, peut-être un peu frivole ;
Je voudrois bien surtout n'être pas ennuyeux:
Lorsqu'un auteur amuse, il instruit beaucoup mieux.

Sentir les passions, les exprimer, les peindre,
Auteurs, c'est là le but où vous devez atteindre.
L'expression égaie, anime les concerts.
Si son charme embellit et vos chants et vos vers,
Vos chanteurs déploîront plus de force et de grâce.
Mais la beauté paroît, qu'ils lui cèdent la place.
Adèle entre. Elle marche, et sa noble pudeur
Lui prête un nouveau charme, annonce sa candeur.
On l'entend préluder. Sa voix douce et flexible,
De l'oreille bientôt passe à l'ame sensible,
Mais déjà par degrés voyez-la s'animer,
Dans un air pathétique elle va vous charmer.
Quel sentiment nouveau m'attendrit et me touche !
Le chant de Sacchini s'embellit dans sa bouche.
Suis-je donc à Colonne ? Est-ce Antigone en pleurs
Qui vient auprès d'un père exprimer ses douleurs ?
Chaque mot, chaque son qu'Adèle fait entendre
Cause une émotion involontaire et tendre.
Adèle parle au cœur, il répond à son chant ;
Et la belle musique est un discours touchant.
La harpe qui jadis dans les champs de la gloire
Sous les doigts d'Ossian célébra la victoire,
Soumise maintenant à de plus douces lois,
Plus heureuse, d'Adèle accompagne la voix.
Voyez sur l'instrument errer ses doigts agiles ;
Ecoutez le beau son de ces cordes dociles.
Venez, galans Français, venez à ses leçons :
Adèle va chanter une de ses chansons.
Combien vous aimerez cette gaîté légère
De ce genre facile aimable caractère !
Adèle chante Flore et les Zéphyrs légers,
Et les jeux innocens, et l'amour des bergers ;

Elle chante : et ses airs gais et simples comme elle,
Acquièrent dans sa bouche une grâce nouvelle.
Quel Français, dérogeant aux mœurs de ses aïeux,
Voudroit ne pas aimer, ne pas chanter comme eux ?
Qui n'aime la chanson, l'amour et la folie ?
Fille de la Provence et de l'Occitanie,
Momus la vit passer des mains des troubadours
Sur les champs de bataille, et même dans les cours.
Qui n'entendit vanter ce bon Dreux de Bretagne, 21
22 Ces sires de Couci, ces comtes de Champagne,   23
Qui dans leurs airs naïfs célébroient tour-à-tour
Leur suzerain, leur dame, et le vin et l'amour ?
Marot chanta comme eux et son maître et les belles ;
Toujours son vieux langage a des grâces nouvelles.
François fut son rival ; François, roi chevalier,
Combattant intrépide et galant chansonnier,
Tenant également et la plume et les armes.
Aujourd'hui la chanson peut-être a moins de charmes,
Elle a moins de douceur et de naïveté ;
Mais elle offre toujours la grâce et la gaîté.
Le grand siècle des arts a daigné lui sourire,
Aux bois charmans de Sceaux, pleins d'un heureux délire,
Chapelle et Saint-Aulaire, et la Fare et Chaulieu
Chantoient Bouillon, Dumaine, et la Nymphe du lieu.
Agitant ses grelots, la joyeuse Régence
Des Piron, des Moncrif applaudit la licence.
Plus décens dans nos vers, comme dans nos amours,
Nous parons Erato de modestes atours.
Sous les derniers Louis, quelquefois sans murmure,
Le soir dans un souper la beauté chaste et pure,
Osa chanter les vers de l'aimable Favart,
Du joyeux Lattaignant, de Collé, de Panard ;

Adam même nous plaît, Adam, ce franc ivrogne
Qui buvoit tour-à-tour le Brie et le Bourgogne,
Et, jetant son rabot, célébroit dans ses vers
Le Dieu de la vendange et les vins de Nevers.
Tel est le goût, l'emploi de la chanson naïve.
Sur un ton différent la romance plaintive,
D'une histoire touchante attendrit les échos.
Le malheur d'un amant, les plaintes d'un héros
Qui, dès qu'au champ de Mars la gloire le rappelle,
Abandonne en pleurant son amante fidelle :
Des soucis amoureux, des souvenirs touchans,
Ce sont là ses plaisirs, les sujets de ses chants.
Attentive à ses maux, et quelquefois tragique,
Elle exclut l'art frivole et m'offre un goût antique;
Sans cesse m'exprimant, chantant sa passion,
Elle est de la douleur la simple expression.
Qui peut ne pas aimer sa lente mélodie ?
Délices des amans, douce mélancolie,
Le cœur né pour aimer connoît ta volupté,
Et préfère tes pleurs aux ris de la gaîté.
La romance te plaît et fait couler tes larmes.
Que pour les tendres cœurs sa tristesse a de charmes !
Dans ma jeunesse, au temps des jeux et de l'amour,
Combien de fois l'hiver sur le déclin du jour,
J'ai suivi lentement l'orgue mélancolique
Du Savoyard criant la lanterne magique !
Il jouoit tous les soirs, assidu ménestrel,
L'air chéri de l'Ibère 24, ou celui de Blondel ;   25
Du clavier nasillard les touches gémissantes
Traînoient du chant plaintif les notes languissantes;
Mon oreille emportoit ses sons harmonieux :
Je rentrois à pas lents, rêveur, silencieux;

Et, par degrés ému d'un charme involontaire,
Au milieu du foyer, auprès de mon vieux père,
Je chantois lentement et d'un air attendri
Les vers à Gabrielle adressés par Henri,   26
La romance de Laure, ou l'histoire éternelle
De ce héros aimé d'une autre Gabrielle.   27
La famille écoutoit, elle osoit quelquefois,
En chœur, à l'unisson accompagner ma voix.
Un si doux passe-temps de la longue soirée
Pendant le triste hiver abrégeoit la durée :
Nos cœurs étoient émus d'un trouble attendrissant.
Souvent à la lueur du flambeau pâlissant,
Dans les yeux de mes sœurs je vis rouler des larmes.
Tant la tendre romance a de grâce et de charmes !
Elle adoucit les maux et trompe les ennuis.
Quelquefois en été, dans le calme des nuits,
Imitant les amans du siècle d'Isabelle ,   28
Contemplant tendrement le balcon d'une belle,
Je lui chantai mes vers de loin, à demi-voix,
Et novice, au hasard laissant errer mes doigts,
Je tirois quelques sons de mon humble guittare.
J'oubliois quelquefois le bémol, le bécarre.
Cependant de mon art j'admirois l'instrument :
Ses accords me causoient un doux ravissement.
C'est ainsi qu'autrefois les vers et l'harmonie
De leur charme innocent embellissoient ma vie.
Ah ! qu'ils viennent encor, comme dans mon printemps,
Me jeter quelques fleurs dans la route du temps !
Qu'au moins de mes plaisirs je garde la mémoire.
Un jour.... J'aime à conter cette touchante histoire,
Je venois de ces bords qu'en son lit tortueux,   29
Hérissé de rochers, le Gave impétueux

Bat sans cesse à grand bruit de son onde écumante.
De ces lieux renommés déesse bienfaisante,
La fille d'Esculape avoit sauvé mes jours ;
Elle avoit de mes maux interrompu le cours.
Je contemplois le Gave et sa fertile plaine,
Et ces monts vieux témoins des malheurs de Pyrêne.
Le soleil leur prêtoit son charme et sa splendeur ;
Je marchois plein de joie, et de force et d'ardeur.
Soudain je crois entendre une voix qui m'appelle :
Je m'arrête..... j'entends le nom de Gabrielle.
J'écoute, et reconnois l'air des amans chéri
Que chantoit autrefois le tendre et bon Henri.
Autour de moi je jette une vue attentive :
Je vois l'heureux Coarase 30   et contemple la rive
Où, sous un sage guide, et loin du bruit des cours,
Henri de ses beaux ans a commencé le cours.
Je reconnois le champ, le coteau, l'avenue,
Et sur l'antique tour je repose ma vue.
Ce spectacle me charme et fait renaître en moi
Le souvenir touchant des vertus d'un bon roi.
Mon cœur se retraçoit sa noble et chère image ;
Je rendois à son nom un pur et tendre hommage.
Je me disois : ici peut-être il a marché ;
Cet arbre est déjà vieux, peut-être il l'a touché ;
Peut-être il est venu dormir sous son ombrage.
La Naïade l'a vu jouer sur son rivage,
Et ces bois, ces vergers, ces vignobles, ces champs,
Ont été les témoins de ses premiers penchans.
Cependant j'entendois la romance rustique :
Même au sein du hameau, moi j'aime la musique.
Je détourne mes pas, je m'approche et je vois
Sous un ormeau touffu le chanteur villageois.

3

Près de lui folâtroit son heureuse famille,
Ses garçons forts et sains, son innocente fille.
Sa compagne tressant et le jonc et l'osier,
Pour amasser ses fruits, façonnoit un panier.
Je parois : aussitôt le jeu cesse à ma vue,
Et la voix du chanteur demeure suspendue.
« Mes bons enfans, leur dis-je, et toi, vieillard heureux,
» Je ne viens point troubler ni vos chants, ni vos jeux.
» La terre de Henri ne m'est point étrangère ;
» J'y suis né : comme à vous sa mémoire m'est chère.
» Ce hameau doit garder des souvenirs bien doux ;
» Pour parler de Henri je m'approchois de vous.
» J'ai vécu quelque temps au lieu de sa naissance.   3ı
» Bon vieillard, conte-moi les jeux de son enfance.
» — Je peux, répondit-il, remplir votre désir :
» Parler de ce bon prince est toujours un plaisir.
» Son nom nous fut transmis de famille en famille ;
» La mère tous les jours le redit à sa fille :
» Ici, comme autrefois, il est encor chéri.
» Voyez-vous cet ormeau par les siècles flétri ?
» Il florissoit alors, et sous son vaste ombrage
» Henri venoit sourire aux danses du village.
» Dans ce bois préludant aux travaux des guerriers,
» Il portoit une armure et domptoit des coursiers,
» Et lorsque les frimas blanchissoient les campagnes,
» Tête nue il couroit, gravissoit les montagnes ;
» Il traçoit en riant l'image des combats.
» Nos pères à sa voix marchèrent en soldats.
» Regardez cette tour par le temps respectée,
» Par cet enfant aimable elle fut habitée.

» Nos pères tous les jours y portoient du hameau
» Et les fruits du jardin , et le lait du troupeau.
» Il alloit à son tour visiter leurs chaumières ,
» Consoloit l'indigent, soulageoit ses misères.
» Il apprit, jeune encore , à placer ses bienfaits,
» Et des simples vertus il connut les attraits :
» Cette paisible vie avoit pour lui des charmes.
» Enfin il entendit le signal des alarmes.
» De ce triste hameau peindrai-je les douleurs ?
» Qu'il causa de regrets ! qu'il fit couler de pleurs !
» Sa mère lui restoit, sa mère fut son guide.   32
» Il alla signaler sa valeur intrépide
» Aux bords de la Charente, aux champs de l'Angoumois.
» Nos pères étonnés apprirent ses exploits,
» Et ses sanglans combats, et ses douces foiblesses.
» Fidèle à son parti, fidèle à ses maîtresses,
» L'émule de Condé des champs de Moncontour
» Revenoit consoler Corisande et l'Amour.   33
» C'est ainsi qu'il passa ses plus belles années.
» Depuis..... Vous connoissez ses tristes destinées !
» La France pleure encor le meilleur de ses rois.
» Dieu! pourquoi monta-t-il au trône des Valois? » 34
Le bon vieillard se tut et versa quelques larmes.
Son amour pour Henri, ses discours pleins de charmes
Avoient touché mon cœur doucement agité ;
Mais bientôt le vieillard recouvre sa gaîté ,
Et d'un ton amoureux , d'une voix attendrie,
Il recommence encor sa romance chérie.
Par son enthousiasme excités à la fois ,
Et d'une double octave accompagnant sa voix ,

Ses deux garçons et moi, sa fille et sa compagne,
Nous faisons de nos chants retentir la campagne,
Le vallon, le château, la terrasse et la tour,
Et les rives du fleuve, et les bois d'alentour.
Habitans fortunés du Béarn, de la France,
Aimez, aimez aussi la chanson, la romance.
Imitons dans nos jeux ces heureux villageois,
Et redisons sans cesse aux échos de nos bois,
Aux bords charmans du Gave, aux beaux champs de
    Grenelle,
Le doux nom de Henri, le nom de Gabrielle.

FIN DU CHANT DEUXIÈME.

CHANT TROISIEME.

—

Heureux qui, jeune encor, cherchant la solitude,
Goûte, au sein du repos, les charmes de l'étude,
Et des arts qu'il cultive aimant les nourrissons,
Amuse leurs loisirs de vers et de chansons !
Il ne recherche point les biens de la fortune,
Ni des rois, ni des cours la faveur importune ;
A des succès obscurs bornant tous ses desirs,
Il attend d'un ami sa gloire et ses plaisirs.
Je crois voir à Tibur l'aimable et sage Horace
Adresser à Virgile un écrit plein de grâce,
Et de l'archet antique accompagner sa voix.
S'il chante dans une ode Auguste et ses exploits,
S'il se rend quelquefois au souper de Mécène,
Bientôt dans ses vallons le plaisir le ramène ;
Là, retrouvant ses goûts, sa Muse et son amour,
Il oublie en chantant l'empereur et la cour.
Rival du grand Pindare, ému d'un beau délire,
Il prodigue aux héros les trésors de sa lyre ;
Ou, d'un ton moins sublime, il adresse aux Pisons
De l'art d'écrire en vers les savantes leçons.
Je n'ai pas, comme lui, près des maîtres du monde
Vu cette mer perfide en naufrages féconde ;
Je ne connus jamais les rois, les courtisans ;
Mais aimant comme lui les plaisirs innocens,
Auprès de mon foyer laissant couler ma vie,
Je me plais à vanter Galatée ou Sylvie,

Et viens, encourageant une timide voix,
Chanter encore Euterpe et retracer ses lois.
  Vers les bords de l'Euphrate, aux premiers jours du monde,
Le doux bruit du zéphyr, le murmure de l'onde,
Du chantre des forêts l'amoureuse chanson,
Donnèrent à la voix la première leçon.
Avant les instrumens elle se fit entendre :
Près des bords du Ladon un dieu sensible et tendre,
Le gardien des troupeaux, Pan poursuivoit un jour
Une nymphe timide et rebelle à l'amour.
Syrinx étoit son nom; elle étoit jeune et belle :
Compagne de Diane, insensible comme elle,
Aux vallons du Lycée elle avoit mille fois
Trompé les vœux de Faune et des hôtes des bois;
Mais Pan alloit ravir la fleur tendre et chérie
Que nul dieu, nul berger n'avoit encor cueillie;
Elle implore Diane et les nymphes des eaux :
Il tend déjà la main.... il touche des roseaux.
Du zéphyr et de l'onde il entend le mumure.
Hélas ! elle accusoit l'amour et la nature.
Regrettant sa beauté, touché de ses douleurs,
Pan choisit deux roseaux qu'il mouille de ses pleurs;
Sa main industrieuse en tuyaux les façonne,
Et sous ses doigts la flûte et murmure et résonne.
C'est ainsi qu'aux beaux lieux où Syrinx vit le jour
Le premier instrument est né du tendre amour.
De ses sons enchanteurs les bergers, leurs compagnes,
Charmèrent les échos des bois et des montagnes;
Bientôt elle s'unit le champêtre hautbois,
Par ses tons éclatans il imita la voix.   i
L'art dompta les métaux, et Pallas la première
Arrondit et creusa la trompette guerrière.

Etrangère aux hameaux , amante des soldats,
La trompette donna le signal des combats.
L'imprudent Actéon et sa meute barbare
Entendirent du cor l'éclatante fanfare :
Il troubloit tous les jours le silence des bois,
Et de Diane seule il connoissoit les lois.
Mais depuis, acquérant la douceur et la grâce,
Dans les concerts d'Euterpe il vint prendre une place.
Mais tous les instrumens par Eole animés
Dans mes vers tout-à-tour seront-ils donc nommés ?
Peindrai-je la musette et simple et monotone,
La clarinette chère aux enfans de Bellone,
Le basson langoureux, le flageolet léger,
Le fifre du soldat , le pipeau du berger ?
Non ; c'est toi que je chante, orgue, honneur de notre âge,
Enfant de la musique et son plus noble ouvrage ;
Toi qui, de ton système étalant les trésors ,
Fais entendre au lieu saint tes sublimes accords.
Que ton destin est beau ! ta voix harmonieuse
Peut seule remplacer la famille nombreuse
Des instrumens divers consacrés au Seigneur:
De la première place ils te cèdent l'honneur.
Tous les genres connus concourent à ta gloire,
Les chants purs et sacrés d'Ambroise et de Grégoire, 2
Ceux qui de Métastase embellissent les vers,
Ceux qu'on entend aux bals, aux festins, aux concerts.
Des cornets descendant à la grave pédale, 3
Des tuyaux inégaux tu parcours le dédale :
Tantôt précipitant ton vol impétueux,
Tu peins des aquilons le choc tumultueux,
Le roulement des chars qui font trembler la terre,
Les cris des combattans, le fracas du tonnerre.

Tu sais nous peindre aussi les mouvemens du cœur,
Les transports d'un amant et l'orgueil d'un vainqueur;
Le délire des sens, la joie et la colère;
On t'entend quelquefois sous une main légère,
Ralentissant tes temps, adoucissant tes jeux,
Imiter la chanson des oiseaux amoureux,
Le bruit des verts rameaux que le zéphyr balance,
Le murmure de l'eau, le sommeil, le silence.
Du genre chromatique empruntant la douceur,
Exprimant les regrets d'un frère, d'une sœur,
Tu fais frémir Oreste ou pleurer Eurydice.
Tel Protée autrefois, au gré de son caprice,
Se changeoit tour-à-tour en torrent, en flambeau,
En géant, en pygmée, en poisson, en oiseau.
Ainsi dans ma jeunesse, au temple de Sulpice,
Je te vis de tes jeux déployer l'artifice.
Couperin et Séjean, Balbâtre et Charpentier,   4
Essayoient, parcouroient ton immense clavier;
Les spectateurs charmés écoutoient en silence,
Ils admiroient leur goût et leur vaste science,
Et leurs chants variés et leurs riches tableaux:
Ils vantoient tour-à-tour ces célèbres rivaux.
Paris des grands talens fut toujours idolâtre.
Mais lorsque tout-à-coup on entendit Balbâtre
Eclatant à son tour en tons impétueux,
Peindre le dernier jour de la terre et des cieux,
Les prêtres étonnés et les artistes même,
Crurent voir sous les coups de leur juge suprême,
La mer franchir ses bords, l'univers s'ébranler,
Et sur leurs fronts tremblans le temple s'écrouler:
Tant l'art a de pouvoir dans la main du génie!
Des autres instrumens j'aime aussi l'harmonie.

Aux temples, sur la scène, en tous lieux, en tous temps,
Le violon obtint des honneurs éclatans ;
Il tient l'orchestre entier sous sa loi souveraine,
Et les genres divers ont formé son domaine.
Déjà les violons au concert préparés
Dans l'échelle ont choisi deux différens degrés ;
Je les vois partagés en deux lignes égales :
Tels gardant du combat l'ordre et les intervalles,
Les combattans rangés auprès des étendards
Suivent leur général et cherchent les hasards.
Chaque rang a son ton, son goût et sa manière.
Vous qui de Viotti parcourant la carrière,
De son art difficile étudiant les lois,
A l'archet, jeune encore, accoutumez vos doigts,
N'allez pas, embrassant la méthode nouvelle,
Sans cesse tourmentant une aigre chanterelle,
Surcharger votre jeu de ces froids agrémens
D'un goût minutieux futiles ornemens ;
Loin ces grands tours de force, inutile merveille,
Qui, sans toucher mon cœur, fatiguent mon oreille ;
Aimez de Viotti la noble pureté,
Imitez son audace et sa fécondité.
Je permets toutefois qu'un sage symphoniste
Embellisse en passant la sonate un peu triste
D'un trille gracieux, d'un aimable coulé,
Et d'un heureux point d'orgue habilement filé ;
Mais soyez ménager de ce clinquant frivole.
Un ton plus simple encor convient à la viole :   5
Le violon la guide et la tient sous sa loi ;
Accompagner toujours est son unique emploi,
Et du jeu de son guide elle accroît l'énergie ;
Même au violoncelle elle est assujettie.   6

Elle suit pas à pas ce superbe instrument,
Du système harmonique utile fondement ,
Qui, nécessaire au chant, le seconde ou le guide,
Et sujet, et monarque, obéit et préside.
La contre-basse aussi lui prête son secours,
Et, grave caudataire, accompagne toujours.
De ces quatre alliés l'heureuse sympathie ,
Par de nobles accords complète l'harmonie.
Apprenez maintenant de quels genres divers
D'Euterpe, dans Paris , se forment les concerts :
Je vous offre d'abord la savante sonate,
Quelquefois elle endort, et souvent elle flatte ;
Si j'entends un vain bruit, des sons vides de sens,
Si vous ne parlez pas à mon cœur, à mes sens ,
Si, des difficultés m'étalant le prodige,
Vous ne venez m'offrir qu'un frivole prestige,
Je m'écrie à mon tour : Sonate, que veux-tu ?   7
Mais lorsqu'un beau dessein, piquant, inattendu ,
Attache mon esprit, amuse ma pensée
D'une image agréable habilement tracée,
Si je sens dans votre œuvre une heureuse clarté ,
La grâce, l'élégance et la facilité,
A vos accords touchans mon ame se réveille,
Et le cœur s'associe au plaisir de l'oreille.
Choisissez donc les tours les plus harmonieux,
Et le rhythme et les sons qui conviennent le mieux.
Aux luttes du talent , aux concours destinée,
A deux seuls instrumens la sonate est bornée :
Le premier de son art prodigue les secrets;
Et, prolongeant sans bruit des sons doux et discrets,
Le second, sage guide et fidèle acolyte,
Le soutient, le seconde , et jamais ne récite ;

Toujours soumis aux lois de l'accompagnement,
Il indique le ton, prescrit le mouvement.
A Fontenelle ainsi cet œuvre pourroit plaire.
Le concerto reçut le même caractère ;
Corelli l'inventa. L'instrument récitant
Vous présente d'abord un début éclatant,
Un orchestre nombreux à demi-jeu commence ;
Mais bientôt à son tour déployant sa puissance,
De ses mâles accords il emplit le salon,
Varie habilement et le mode et le ton,
Change son goût de chant, tour-à-tour fait entendre
L'allégro turbulent et l'adagio tendre,
Et sait d'un beau solo marier la douceur
A la mâle harmonie, à la force du chœur.
Pourrois-je dans mes vers assigner une place
Aux genres différens que mon sujet embrasse ?
Vanterai-je cet air qui me plut autrefois,
En imitant les tons de l'instrument des bois,
Et que, dans les transports d'une aimable folie,
Chantoit un favori d'Euterpe et de Thalie ?   8
Celui qui dans nos jeux, comme dans les combats,
Fait d'un pas cadencé marcher nos fiers soldats ?   9
Celui qui, s'unissant à la voix de la gloire,
Les fait sous nos drapeaux voler à la victoire,   10
Et celui qu'on entend vers le déclin du jour
Du guerrier dans sa tente annoncer le retour ?   11
C'est ainsi qu'exerçant sa divine magie,
Sans le secours des voix et de la poésie,
La musique nous plaît et réveille nos sens.
Elle va déployer des charmes plus puissans
Aux lieux que pour ses jeux l'heureux Momus décore :
Venez-y voir Euterpe unie à Terpsichore,

Le grave menuet, avant-coureur du bal,
Du plaisir autrefois y donnoit le signal ;
On y regrette encor sa noblesse et sa grâce :
La vive contre-danse en riant le remplace.
C'est là qu'en nombre égal les deux sexes rangés
En quadrilles, par deux ,. tour-à-tour partagés,
En chaîne, en moulinet, sur des lignes égales,
Sans cesse variant leurs pas, leurs intervalles,
Se fuyant, se cherchant, entrelaçant leurs mains,
Aux yeux du spectateur offrent mille dessins.
Pleine de majesté, la danse, aux temps antiques,
Ennoblissoit le culte et les fêtes publiques :
On dansoit en chantant et Cérès et Bacchus,   12
Et les prêtres de Mars imitèrent Pyrrhus.   13
David même dansa devant l'arche sacrée :   14
Ainsi cette tribu des Hébreux honorée,   15
Ces prêtres consacrés aux autels du Seigneur
Solennisoient les jours de gloire et de bonheur,
Et la religion vit les premiers fidelles
Célébrer en dansant leurs fêtes solennelles.   16
La danse parmi nous consacrée à l'amour,
Aux noces des hameaux, aux fêtes de la cour,
Montre un goût différent, une forme nouvelle.
Que vos airs à deux temps soient vifs et gais comme elle,
D'agrémens importuns ne les surchargez pas ;
Vos phrases, du danseur indiqueront les pas.
Surtout des temps égaux marquez bien la cadence.
Autrefois dans les bals, sœur de la contre-danse,
La gavotte jouit d'un sort assez heureux; .
Mais Terpsichore un jour la bannit de ses jeux.   .
Après un long exil elle y reprend sa place.
Là deux danseurs mieux vus déploiront mieux leur grâce.

Ses couplets vifs ou lents, gais ou pleins de douceur,
A deux temps bien marqués soumettent le danseur.
A son tour, sur un air du même caractère,
J'aime à voir serpenter l'allemande légère;
La tendre volupté, les ris et les amours
Règlent ses mouvemens, ses passes et ses tours:
Je crois voir un tableau de l'Albane ou de Greuse.
De nos goûts, de nos arts reine capricieuse,
La mode parmi nous la condamne à l'oubli;
Puissiez-vous voir un jour son règne rétabli !
Que le Germain vous rende une aimable exilée,
Danseurs, et qu'en vos jeux elle soit rappelée;
Elle en ranimera la grâce et la gaîté,
Elle y peut attendrir ou charmer la beauté.

   La musique, rivale et sœur de Terpsichore,
Aux ballets de Noverre est plus charmante encore. 17
C'est là que, de la voix refusant le secours,
Le geste écrit un drame, imite le discours.
L'habitant de Memphis connut cet art antique,
Ses pieds, ses mains parloient; 18 sa danse symbolique
Dessinoit de Phébé les phases et le cours :
Ainsi du labyrinthe on traçoit les détours.
Un héros à ces jeux forma le Grec docile. 19
Rome eut sous les Césars et Pylade et Batile. 20
Là toujours Terpsichore eut d'heureux favoris.
La France imita Rome, et la danse à Paris,
Déployant la souplesse, et la force, et la grâce,
Au rang des arts du goût s'élève et prend sa place.
Imitant la peinture et ses illusions,
Elle sait exprimer toutes nos passions;
Elle peint tour-à-tour la douleur et la joie :
Dans ses discours muets que d'esprit se déploie !

Par la main de sa sœur, triste jouet du sort,
Le fils d'Agamemnon va recevoir la mort.
'Le Scythe fait au loin retentir ses rivages
De ses sistres aigus, et de ses cris sauvages.
Voyez bondir Laurent, Gardel et Dauberval;
Leur danse de la mort semble l'affreux signal.   21
Un doux tableau va plaire à votre ame agitée :
Vestris jette en dansant des fleurs à Galatée;   22
Plus loin l'Amour sourit en regardant Allard.
Qui vient? Est-ce Vénus? c'est elle.... c'est Guimard!
Venez la voir chercher de l'esprit au village :   23
Comme elle a l'air naïf, les grâces du jeune âge!
Sans cesse à Terpsichore offrant des airs nouveaux,
La musique embellit ces aimables tableaux.

    Des instrumens divers l'éclatante magie,
Du ballet-pantomime augmente l'énergie,
Mais au sein des hameaux, dans nos humbles vergers,
Un chalumeau suffit aux danses des bergers.
O cité des Gastons, ô ma chère patrie!   24
Combien de fois j'ai vu le long de la prairie
Que le Gave côtoie et baigne de ses eaux,
L'enfant né dans tes murs, la nymphe des hameaux,
Déployant dans la ronde et dans les danses vives
Une gaîté folâtre et des grâces naïves,
Au son des galoubets, au bruit des tambourins;
Associer leurs pas et de joyeux refrains!
Ton peuple fortuné reçut de la nature
Un sentiment exquis du son, de la mesure,
Et le goût de la danse, et le talent du chant.
Suivez, jeunes beautés, un aimable penchant :
Ils sont venus les jours des bals et des conquêtes;
Le carnaval renaît et vous offre ses fêtes.

Le plaisir vous appelle et peut-être l'amour :
A l'amour, au plaisir cédez à votre tour.
Laissez à vos voisins leurs sauts un peu sauvages, 25
Et ces cris que la Nive entend sur ses rivages.
La Muse s'épouvante, et s'enfuit à leur voix,
Et leur danse est burlesque, ainsi que leur patois. 26
Appelez à vos bals, empruntez à l'Ibère,
La danse et l'air chéri de l'Inde tributaire.
Qu'au fandango succède un boléro léger. 27
Dérobons les trésors, les jeux de l'étranger.
Français, vous imitez les chants de l'Ausonie,
Egalez du Germain la noble symphonie. 28
Près des bords du Danube, et sous de froids climats,
Euterpe étale aussi ses aimables appas,
Et daigne révéler ses secrets les plus rares.
Dans ce vaste pays il n'est plus de barbares ;
Partout vous entendez, à la ville, au hameau,
Le savant violon, le simple chalumeau.
L'enfant muet encor les cherche et les manie ;
Près d'eux en bégayant il commence la vie ;
L'artisan sous son toit, le soldat dans son camp,
Le laboureur assis aux bornes de son champ,
Le noble, le berger, tous consacrent leurs veilles
A cet art enchanteur et fécond en merveilles.
L'héritier des Césars, les ducs, les électeurs,
Daignent l'encourager de regards protecteurs.
De Léopold, d'Auguste, il reçut les hommages.
L'Elbe entendit cent fois retentir ses rivages
Des sons harmonieux de la flûte d'un roi.
Les talens, Frédéric, fleurirent sous ta loi.
De tous côtés des champs de l'heureuse Ausonie,
Dans Vienne et dans Berlin accourut le génie.

On admira les Quantz, les Toeschi, les Ficher,
Les Handel, et les Hasse, et Stamitz, et Cramer ;
Cet aimable Pleyel, l'idole de la France,
Lui de qui nous vantons la grâce et l'élégance,
Et que Paris charmé voit depuis trente hivers
Des fruits de son génie embellir ses concerts ;
Toi surtout, ô Hayden, génie intarissable,   29
Toi qui, comme autrefois l'Hercule de la fable,
As rempli l'univers du bruit de tes travaux,
Et loin dans la carrière as laissé tes rivaux.
De ton style hardi qui peindroit la richesse ?
Hayden, toi seul reçus des Nymphes du Permesse
L'heureux don de charmer par la diversité,
Et de piquer toujours la curiosité.
Qui pourroit comme toi nous rendre la nature !
Ta phrase est un langage, une exacte peinture,
Ton pinceau sait unir la force et la douceur,
Tu peins à mon esprit, tu parles à mon cœur.
Oui, tant que les humains, amans de l'harmonie,
Admettront dans leurs jeux Euterpe et Polymnie,
Tant qu'ils s'attendriront à des accords touchans,
De Hayden, de Pleyel ils goûteront les chants.
Symphonistes, auteurs, ce sont là vos modèles :
Méditez, imitez leurs pièces immortelles.
Que vos phrases de chant offrent un heureux tour,
Variez vos accords et sachez tour-à-tour
Passer du fort au doux, de l'éclatant au sombre ;
Sachez entre-mêler et la lumière et l'ombre,
Et que chaque instrument conserve jusqu'au bout
Son mode d'harmonie, et son ton, et son goût.
Un beau dessin demande une exacte mesure.
Il faut que la musique, ainsi que la peinture,

Offre un sujet, un plan, un art de tout lier,
Et des membres unis forme un corps régulier.
Soyez peintres aussi, copiez la nature :
Que du léger zéphyr j'entende le murmure.
Imitez du ramier le doux roucoulement,
Et de la triste écho le vain gémissement.
Le contraste a parfois une beauté piquante :
Peignez-moi du torrent la cascade bruyante ;
Le sifflement des vents et le fracas des eaux,
Le Cyclope à grands coups tourmentant les métaux,
Le sourd rugissement des lions de Nubie,
Et la foudre écrasant la tête de l'impie.
Toutefois si des chants, ou piquans ou nouveaux,
Ne viennent égayer, rajeunir vos tableaux,
De mon ame d'abord de plaisir enivrée
La douce illusion aura peu de durée.
A ce secret surtout, auteurs, attachez-vous :
Peindre en musique est beau, mais chanter est plus doux. 30
Donnez donc à vos airs une aimable tournure ;
Phrasez-les. Cependant, il est une peinture
Dont le charme puissant n'agit jamais en vain :
Peignez nos passions, peignez le cœur humain.
Vous devez m'exprimer le trouble heureux de l'ame
D'un jeune amant qu'éveille une naissante flamme,
D'abord vos violons commençant le discours,
Du paisible andanté suivent le libre cours.
Ils se taisent. Après un gracieux silence,
La flûte fait entendre une vive cadence ;
Elle plaît à l'amour : ses sons pleins de douceur
Enchantent mon oreille, attendrissent mon cœur.
Si le berger regrette une amante chérie,
S'il pleure et s'abandonne à la mélancolie,

L'adagio vous offre un rhythme doux et lent.
Le sensible hautbois, le basson indolent,
De la douleur plaintive empruntent le langage :
Des malheurs de l'hymen leurs airs offrent l'image.
Je me sens attendri ; mais si l'amant jaloux
Cède aux bouillans transports d'un aveugle courroux,
De votre orchestre entier déployez la puissance,
A pas précipités que le presto s'élance ;
Que tous les violons, les flûtes, les hautbois
En tons aigus et pleins éclatent à la fois ;
Que le violoncelle et frémisse et bourdonne ;
Que le cor belliqueux, que la trompette sonne ;
Que tous ces instrumens secondent vos travaux,
Et de la symphonie animent les tableaux.
Ils suffisent. Chassez ces bruyantes timbales,
Ces immenses tambours et ces aigres cymbales,
Ces triangles aigus, barbares instrumens
Qui, dans les camps d'Achmet, charment les Ottomans:
Ils ne conviennent point à nos concerts paisibles ;
Laissez-les à Bellone, aux guerriers invincibles
Qui, le fer à la main, suivant ses étendards,
Menacent le croissant, l'aigle et les léopards.
Ce grand bruit avertit l'oreille peu sensible ;
Il convient à la marche, à la charge terrible,
Aux jeux du champ de Mars, comme aux sanglans combats,
Et toujours il anime, enflamme nos soldats.
Ainsi près de Compiègne, en cette immense plaine
Où, mariant leurs eaux, serpentent l'Oise et l'Aine,
Non loin de sa forêt, ils vinrent quelquefois
Charmer les bataillons, les belles et les rois.

Un matin tout le camp transporté d'allégresse
Avoit exercé l'art inventé dans la Grèce,
Qui dans les champs de Mars gouverne le hasard,
Et qu'enseignent Rohan, Frédéric et Folard.
L'armée attend Louis : il paroît, il s'avance,
Il marche accompagné des héros de la France.
Je vois Condé, Condé digne de son grand nom,
Castre, Luckner, de Vaux, 31 Montmorency, Biron,
Choiseul dans son printemps aux combats intrépide,
Du timon de l'Etat aujourd'hui noble guide,
Broglie aux champs de Berghem couronné de lauriers,
Honoré, jeune encor, du sceptre des guerriers ;
Ce d'Estaing qui bientôt, l'effroi de l'Angleterre,
Sur les deux élémens lui portera la guerre,
Lujeac, du Châtelet, le vainqueur de Mahon ; 32
Le héros de Fritzlar, 33 et Ségur et Crillon.
Le signal est donné : dans la plaine étendue
Soudain l'armée entière en colonne est rompue.
Cent instrumens guerriers de leurs mâles accords
Des fleuves étonnés font retentir les bords.
De Thésée on entend la marche harmonieuse. 34
On voit des grenadiers la cohorte orgueilleuse.
D'un regard noble et fier ils contemplent leur roi :
Tels il les avoit vus aux champs de Fontenoi.
Brave élite, à ton prince, à la gloire fidèle,
Du soldat, du Français sois l'éternel modèle.
Des bataillons nombreux s'avancent sur tes pas ;
Ils te suivront un jour au milieu des combats.
J'entends déjà sonner l'éclatante trompette.
A ses mâles accens qu'au loin l'écho répète,

4 *

Dans des cadres égaux, sur de hardis coursiers,
Béthune fait marcher ces escadrons guerriers   35
Que Poyanne a souvent conduits à la victoire.
Le nom du fils des rois accroît encor leur gloire.
Les braves cuirassiers paroissent à leur tour.
La trompette se tait et j'entends le tambour.
A pas précipités quelle troupe s'élance ?
Brissac près de Turin lui donna la naissance ;   36
Elle doit au héros et sa gloire et son nom :
C'est ce corps qui, semblable au terrible dragon,
Tantôt à pied, tantôt escadron intrépide,
Fond sur son ennemi d'une course rapide.
Ainsi Rome autrefois a vu ses chevaliers
Combattre de pied ferme auprès de leurs coursiers.
Qui fait voler dans l'air ces torrens de poussière ?
A travers un bruit sourd la trompette guerrière
Vient frapper mon oreille une seconde fois.
Ils approchent déjà. C'est donc vous que je vois,
Esthérazi, Conflans, vous qui, près de la Nive,
Le long des prés fleuris qui couronnent sa rive,
Accoutumiez au frein ses chevaux indomptés ?
Je crois vous voir sur eux par les vents emportés.
Tel aux yeux d'Annibal le combattant Numide
Devançoit le zéphyr et la flèche homicide,
Et couroit insulter les escadrons romains.
Tels volent ces houzards nés parmi les Germains :
Mon œil ne peut les suivre en leur course légère
Leurs agiles chevaux, leur parure étrangère,
Ces longs sabres pendans et ces courts étendards
De la cour et du peuple enchantent les regards.

Mais déjà dans le camp Chamborand les ramène ;
Les bataillons au loin serpentent dans la plaine,
Et dans un chœur bruyant célèbrent tour-à-tour
Le roi, leur colonel, et Bacchus et l'Amour.

FIN DU CHANT TROISIÈME.

CHANT QUATRIEME.

—

J'ai parlé, dans mes chants, du son, de la mesure.
La voix, cet instrument reçu de la nature,
Ceux que l'art inventa parent aussi mes vers.
J'ai chanté la musique et ses genres divers,
Au concert, dans le temple, aux jeux de Terpsichore :
Un plus riche sujet, Muse, te reste encore.
Viens, la scène lyrique appelle tes pinceaux ;
Viens conduire ma main, seconder mes travaux.
Noble enfant du plaisir, Syrène enchanteresse,
La scène est un des fruits du climat de la Grèce.
L'on y chantoit Bacchus, et Thespis le premier
Unit un drame informe au chant simple et grossier.
Sur un vil tombereau l'art reçut la naissance.
Eschyle vint, l'aima, cultiva son enfance.
Un théâtre embelli de tragiques tableaux
Remplaça de Thespis les ignobles tréteaux.
Il y fit retentir la trompette guerrière,
Et de la tragédie il ouvrit la carrière.
D'une force nouvelle il anima ses chœurs.
Elevé dans les camps et parmi des vainqueurs,
Il composa ces airs qui, transmis d'âge en âge,
Des guerriers de la Grèce enflammoient le courage.
Le mode phrygien, inventé pour les Dieux,   1
De Sophocle enrichit les chœurs harmonieux.
Il régna quelque temps ; mais bientôt Euripide
Choisissant Timothée et pour maître et pour guide ,   2

De tons inusités et de modes divers
Embellit le premier la morale et les vers.
Périclès honora ces maîtres de la scène ;
Mais le flambeau des arts allumé dans Athène,
S'éteignit par degrés sous de barbares mains.
Reviens, douce harmonie, enchanter les humains :
Tu survis à ces temps aux lumières funestés ;
Rome hérita d'Athène et recueillit tes restes.
Léon parut, il vit s'élever à sa voix
Un théâtre aussi beau que les palais des rois.
On suivit son exemple à Naples, dans Florence.
L'industrie, et le goût, et la magnificence,
D'un appareil magique embellirent ces lieux
Où chantèrent long-temps les démons et les Dieux.
Les machines, les vols, les jeux de la féerie
Retenoient au berceau la froide tragédie,
Et l'orchestre innombrable, et les voix, et l'acteur,
D'un fracas importun troubloient le spectateur.
La tragédie enfin vit un plus heureux âge :
Des passions de l'ame elle apprit le langage.
Le chant reçut la vie, un caractère, un sens,
Un ton plus énergique et de plus vifs accens.
Le demi-dieu fit place au héros de l'histoire :
Caton même y parut, et conserva sa gloire. 3
Zéno de son talent vit le jeune héritier   4
S'avancer à grands pas dans ce noble sentier ;
Et du goût de son temps franchissant la barrière,
Pergolèse en vainqueur parut dans la carrière.
Mais hélas ! quelquefois les arts dégénérés,
Du haut de l'Hélicon descendent par degrés.
La musique bientôt, par une erreur fatale,
Traita la poésie en altière rivale.

Elle ne suivit plus sa compagne et sa sœur,
Et, vantant sa beauté, sa force et sa douceur,
Elle voulut briller de sa propre lumière,
Et, dédaignant sa place, usurper la première.
Sœurs, en vous séparant vous perdez vos appas.
C'est surtout dans le sein de nos heureux Etats
Que la musique au goût, à l'amitié fidelle,
Tend à la poésie une main fraternelle.
France, vois sans orgueil ta gloire et ton bonheur;
C'est à des étrangers que tu dois cet honneur.
C'est en vain que Rousseau viendroit te dire encore   5
Que ton langage froid, nazal et peu sonore,
Du Parnasse chantant par Euterpe est banni;
Tu montres pour réponse et Gluck et Piccini.
Ils paroissent : des sons de la lyre divine
Ils viennent embellir la langue de Racine :
Celle de Métastase eut pour eux moins d'attraits,
Rousseau contre lui-même aiguise en vain ses traits.
Gluck les repousse : entrons dans ce temple magique,
Où le charme des vers, la danse et la musique,
Les voix, des instrumens les sons harmonieux
Ravissent mon oreille et mon cœur et mes yeux.
Laissons Saint-Evremont égayer sa censure;
Qu'il vienne encor nous dire au nom de la nature :
Ce n'est point en chantant qu'on réforme un Etat,
Caton ne chanta point au forum, au sénat,
Et Cyrus, Sésostris, et le grand Alexandre
Ne combattirent point en chantant un air tendre.
Je le sais ; mais ces rois ne parloient pas en vers,
Ils ne connoissoient point nos langages divers.
Faut-il donc les bannir des jeux de Melpomène ?
Proscririons-nous ainsi les maîtres de la scène ?

Ah ! laissons aux héros le langage des Dieux;
Ne leur défendons pas un chant mélodieux.
C'est une illusion, ainsi que la peinture;
Mais du plus vif plaisir c'est une source pure :
Ce sont de doux accords, des tableaux ravissans
Qui, sans blesser le goût, enchanteront les sens.
    Mais la toile est levée, écoutons l'ouverture.
Elle me peint d'abord la paix de la nature.
Admirez de ce chant la grâce et la douceur.
Le calme heureux des airs a passé dans mon cœur.
Qu'annonce la timbale, et quel tableau s'apprête?
On entend par degrés s'avancer la tempête ;
Tout l'orchestre frémit : les trompettes, les cors,
De temps en temps au loin prolongent leurs accords.
Ils unissent enfin leur bruyante harmonie ;
L'orchestre de l'orage imite la furie.
L'horrible bruit décroît, et l'on voit dans les airs
De loin en loin s'étendre et pâlir les éclairs,
Des prêtresses en pleurs, troupe foible et timide,
Appellent aux autels les Dieux de la Tauride.
La triste Iphigénie implore en vain les cieux.
Elle adresse à Diane un chant religieux ;
Mais sa prière est vaine et n'est point entendue.
La foudre éclate encore et déchire la nue.
L'artiste renforçant ses magiques tableaux
Peint les mugissemens et des vents et des eaux,
La lueur des éclairs, les éclats du tonnerre,
Et cet horrible bruit qui gronde sous la terre.
Mais enfin la tempête apaise son courroux ;
Vous entendez des sons plus graves et plus doux :
Comme on voit l'onde émue après un long orage
Frémir et battre encor les rochers du rivage.

La flute enfin du calme annonce le retour,
Un Dieu rend aux mortels l'espérance et le jour :
Ainsi la main de l'art imite la nature.
Loin, loin ce froid auteur qui, dans une ouverture,
De suivre en tout Lulli formant le beau projet,
Entasse des accords étrangers au sujet,
Et vient nous assourdir de sa longue sonate.
D'abord son allégro pompeusement éclate ;
Son andanté le suit en modérant ses pas,
Et son bouillant presto s'élance avec fracas.
Le ciel lui refusa le goût et le génie.
Vous, sachez éviter sa burlesque manie.
Quelquefois dans votre œuvre on aime à découvrir
L'image du sujet que vous venez offrir.
Loin de vous cependant la tâche puérile
De cet auteur qui classe en sa pièce futile
Ses phrases de bon goût, ses passages touchants :
L'ouverture n'est pas une table de chants.
Voulez-vous long-temps plaire, et que votre œuvre flatte
Des vrais amans de l'art l'oreille délicate ;
Aimez le naturel et la simplicité,
Et qu'on trouve en vos airs cette aimable clarté,
Ce caractère heureux qui dispose notre ame
Aux sentimens semés dans votre mélodrame.
Voyez dans ce palais Alceste dans les pleurs :
Le danger d'un époux excite ses douleurs.
Gluck m'inspirera-t-il cet intérêt si tendre,
Ce sentiment d'un cœur qui cherche à se répandre ?
Oui : ces chants en mineur, perçans, passionnés,
Ces accords dissonnans, savamment enchaînés,
Me peignent les soupirs, les plaintes et les larmes,
Et cette vive image a pour moi mille charmes.

Je me sens attendri, surpris, intéressé.
   Mais l'orchestre se tait. La pièce a commencé.
Je vois entrer déjà le premier personnage.
Un récitatif simple imite mon langage;
D'une basse fidèle il marche accompagné,
Au joug de la mesure il n'est point enchaîné.
Quelques-uns cependant le traitant en esclave,
Réduisent sa portée aux bornes d'une octave.
Dans cet espace étroit circonscrivant son cours,
La voix exactement imite le discours :
Ce langage convient au récit, à la plainte.
Ainsi vous me peignez et le doute et la crainte,
La surprise, l'horreur, les sentimens divers ;
Vous exprimez l'accent, vous traduisez le vers ;
Vous placez à propos vos pauses, vos silences,
Vos changemens de ton, vos phrases, vos cadences ;
Les repos sont marqués, et le texte éclairci :
Vous m'offrez un poëte, et vous l'êtes aussi.
Mais du récitatif la triste psalmodie
M'endormiroit enfin par sa monotonie.
L'orchestre coupera son uniformité.
Des accompagnemens naît la variété.
Dans un transport d'amour, de haine, ou de colère,
Si l'acteur s'interrompt, s'agite, délibère,
Si ses cris étouffés, ses soupirs, ses sanglots,
Sur sa bouche tremblante interceptent les mots,
La musique supplée à son heureux délire, 6
Et dit éloquemment ce qu'il ne peut nous dire.
L'acteur par quelques traits dessinés vaguement
Laisse percer ses vœux, sa crainte, son tourment.
L'orchestre lui répond par une ritournelle,
D'un sentiment secret expression fidelle.

De nouvelles beautés c'est un riche trésor.
D'autres vous sont ouverts et vous pouvez encor
Dans ce genre où toujours la passion domine
Introduire en passant la vive cavatine.   7
Ce n'est qu'un court couplet, un caprice léger ;
Mais dans un long poëme on se plaît à changer,
A passer tour-à-tour du chant de la nature
A celui qui se plie aux lois de la mesure.
C'est le chant mesuré, c'est l'air mélodieux
Que l'oreille sensible aime et retient le mieux.
Du talent de l'auteur c'est le plus bel ouvrage;
Mais sachez le placer. Si votre personnage
Vient trahir devant vous ses secrets sentimens,
S'il vient vous raconter ses plaisirs, ses tourmens;
Si, pour toucher un cœur insensible ou volage,
Le poëte lui prête un aimable langage,
Encadrez dans votre air son tendre et doux tableau;
Vous pourrez lui donner les formes du rondeau.
Par une ritournelle annoncée et promise,
Donnant un sens complet, la première reprise
Amène la seconde, et par un doux retour,
En forme de refrain revoit encor le jour.
Vous y pouvez du chant déployer la magie:
Cependant n'allez pas charger la mélodie
De ces mots importuns répétés mille fois
Qui tourmentent l'oreille et fatiguent la voix.
Craignez de prodiguer le point-d'orgue frivole,
La roulade si chère au buveur, à l'école,
Et les trilles tremblans trop long-temps prolongés.
Craignez aussi les mots de notes surchargés.
Ils font perdre à l'esprit le fil de la pensée,
Et d'un vain bruit l'oreille à la fin est lassée.

Evitez ces défauts : un air est un dessin.
Nos sentimens, nos goûts, les jeux du cœur humain,
Les champs, tous les objets de la belle nature :
Voilà votre modèle, offrez-m'en la peinture.
Aux lieux où la folie anime la raison,
Où règnent tour-à-tour le drame et la chanson,
Où Momus réunit par un piquant mélange
Dugazon et Carlin, et Trial et Volange ;
Vous avez mille fois admiré ce Grétri,
Ce Liégeois aimable, en France si chéri.
Lorsque vous entendez sa divine harmonie,
Vous dites : Pergolèse a recouvré la vie.
Vous aimez son talent et sa fécondité :
Que de goût et de grâce, et de simplicité !
Toujours sa mélodie, aimable et doux langage,
Fait naître un sentiment, ou retrace une image ;
Et de l'esprit sans cesse éveillant le desir,
Sa baguette varie et l'art et le plaisir.
Vous donc, prenez Grétri pour guide et pour modèle.
Heureux qui suit ses pas en disciple fidèle !
Voulez-vous que vos airs se fassent écouter,
Et qu'à Feydeau Garat se plaise à les chanter ?
Soyez poëte aussi : que votre mélodie
Au sujet, au dessin soit toujours assortie ;
Que le chant sur le vers se modelant toujours,
Forme un sens clair et juste, ainsi que le discours,
Et de votre rondeau liez chaque partie
Du nœud d'une secrète et douce sympathie.
J'aime à voir s'unissant d'un mutuel amour
Les deux modes du chant s'y montrer tour-à-tour ;
J'aime à voir contraster leurs divers caractères.
Il est encor, il est de plus secrets mystères.

Malgré mille sermens, la fille de Bélus
Vient-elle offrir au fils d'Anchise et de Vénus
Un cœur pur et long-temps à l'amour inflexible ?
Saint-Huberti nous peint cette reine sensible : 8
Elle chante un air tendre et plein d'expression, 9
Où d'un ton noble et vrai parle la passion.
Près du jardin des rois si vous voulez entendre
La voix de Baletti, si légère et si tendre ? 10
Zingarelli déploie et pour elle et pour vous
De ses accords touchans le charme pur et doux ; 11
Et quand l'aimable sœur d'Euterpe et de Thalie,
Renaud, vient de sa voix exercer la magie, 12
Dans un air difficile étalant son savoir, 13
Elle montre du chant l'audace et le pouvoir.
Vifs changemens de mode, et fugue, et dissonnance,
Tons hardis que sépare un intervalle immense,
Roulades, ports de voix, trilles précipités,
Les caprices piquans et les difficultés,
Tout étonne l'oreille et la flatte et l'enchante !
Qui ne sent d'un bel air l'impression touchante ?
J'en charge ma mémoire, et je veux l'y graver ;
Je le cherche le jour, la nuit j'y vais rêver :
Dans mon cerveau long-temps il laisse quelque trace.
Qu'un beau duo surtout au théâtre a de grâce !
Le duo, dites-vous, manque de dignité,
Il est par le bon sens proscrit et rejeté ;
Les discours, en effet, doivent-ils se confondre,
Et pourquoi se parler sans jamais se répondre ?
J'avoûrai ces défauts ; mais l'art a ses secrets ;
Sachez les employer. Que d'énergiques traits
Offrent à nos esprits de touchantes images :
Inventez tout-à-coup pour vos deux personnages

Des malheurs imprévus, des incidens nouveaux,
Qui de leurs passions animent les tableaux.
Peignez Titus que Rome arrache à Bérénice,
Le triste Orphée en vain rappelant Eurydice ;
Peignez des cœurs jaloux, des soupçons, des sermens,
Des ruptures d'éclat, des raccommodemens.
Souvent la passion manque à la bienséance :
C'est ainsi qu'un auteur sauve la vraisemblance.
Le dialogue aussi vous offre son secours ;
Vos acteurs s'écoutant se répondront toujours.
Suivant le même mode, à de justes distances,
Ils pourront de leurs airs varier les nuances.
Epargnez-nous l'ennui de l'uniformité ;
Mais de la mélodie observez l'unité.
Il faut suivre ces lois ; le goût les a prescrites ;
Il avoit du trio circonscrit les limites :
De hardis novateurs osèrent les franchir ;
Quelquefois de la règle il faut vous affranchir.
Trouver des chants heureux, c'est là le but unique.
Que j'aime du trio le pouvoir harmonique !   14
Combien de ces trois voix l'accord pur et touchant
Relève la douceur et la beauté du chant !
Le chœur a plus d'éclat, offre plus d'énergie ;
Mais souvent trop de bruit trouble son harmonie ;
Et l'étranger long-temps attacha peu de prix
A cet œuvre superbe admiré dans Paris.   15
Seuls, Rameau, Mondonville en paroient leurs ouvrages ;
De l'Ausonie enfin il reçut les hommages,
Elle vint l'embellir, et d'un goût délicat
Ce beau genre reçut et la grâce et l'éclat.
L'élégance adoucit des formes trop sévères.
Le chœur a divers tons et divers caractères.

Assemblé pour chanter ses héros ou ses Dieux,
Un peuple fait entendre un chant religieux;
Des guerriers triomphans célèbrent leur victoire;
Leur hymne étoit déjà gravé dans la mémoire.
Vous y pouvez de l'art prodiguer les secrets :
D'un censeur scrupuleux osez braver les traits.
Votre hymne est à sa place, il a sa convenance.
C'est ainsi qu'adorant l'éclat et la puissance
De ce flambeau, trésor de ses heureux climats,
Un grand peuple soumis au sceptre des Incas,
Dès l'aurore, ébloui des clartés qu'il contemple,
D'un cantique sacré fait retentir son temple. 16
Mais Castor et Pollux s'élancent aux combats,
Un long air siéroit mal à l'ardeur des soldats:
Ils ne jettent qu'un cri ; c'est le cri des alarmes. 17
Sparte entière y répond, et court prendre les armes.
C'est ainsi que vos chœurs, lents ou vifs, longs ou courts,
Doivent aux temps, aux lieux se conformer toujours.
D'un peuple quelquefois faites un personnage;
D'un interlocuteur qu'il prenne le langage ;
Qu'il peigne ses regrets, ses craintes et ses vœux,
Qu'il se mêle aux acteurs, dialogue avec eux.
Ne semez dans ses chants nul ornement futile;
Qu'on n'y distingue point une note inutile;
Que vos chanteurs, formant le plus doux des concerts,
Marchent au même but par des chemins divers ;
Que nul n'y soit oisif, et que chaque partie
Ait, même en s'isolant, son goût de mélodie.
Retenez les leçons que j'ose vous dicter.
Piccini se plaisoit à vous les présenter, 18
Lorsque de Sacchini, d'un compagnon de gloire,
Sa voix noble et sensible honoroit la mémoire;

Que de ce digne émule, au tombeau descendu,
Il vantoit le talent, les succès, la vertu,
Et de funèbres airs fit retentir nos temples.
Il offrit le précepte et donna les exemples.
Gluck, d'un génie ardent suivant l'impulsion,
Avoit mis avant lui les chœurs en action.
Imitez-les tous deux, et que leur voix vous guide.
Allez près de Damas, sous les tentes d'Armide,
Dans le palais d'Admète, au camp d'Agamemnon,
En Phrygie, en Tauride, à la cour de Didon :
De Gluck, de Piccini les scènes immortelles
Du chœur, du drame entier offrent les vrais modèles.
Tous deux de Polymnie immortels favoris,
Ceints du même laurier, au même trône assis,
Charmeront le concert, embelliront la scène.
C'est ainsi qu'aux beaux lieux où règne Melpomène,
Au siècle de Louis, deux illustres rivaux
D'Eschyle et d'Euripide étendoient les travaux;
Et qu'ouvrant sous leurs pas une immense carrière,
Guidant le même char, ils versoient la lumière.
Le même Dieu couronne et le chant et les vers,
Et la gloire appartient à des talens divers.
Melpomène avoit peint Didon, Iphigénie,
Sa langue s'embellit des airs de Polymnie;
De Piccini, de Gluck elle écoute les chants,
Et croit entendre encor ses vers purs et touchans.
Quand Rodrigue et Chimène enchantèrent la France,
La tragédie encor languissoit dans l'enfance;
Corneille en fut le père et le législateur.
Gluck du chant dramatique est le vrai créateur.
Corneille jusqu'aux cieux éleva son génie.
Gluck imite sa force et sa rare énergie.

Achille est aussi grand sous ses mâles pinceaux,
Que le héros qu'Homère a peint dans ses tableaux,
Leurs émules heureux qu'idolâtre la France,
Offrent entre eux aussi des traits de ressemblance.
Dans ses premiers travaux, timide imitateur,
Du talent de Corneille admirant la hauteur,
Racine pas à pas suivit ce grand modèle ;
Mais bientôt il s'ouvrit une route nouvelle.
Plein de sens et de goût, de force et de douceur,
Il apprit aux héros le langage du cœur.
Peindrai-je de son style et le charme et la grâce ?
Le tendre Piccini l'imite et suit sa trace.
Racine d'un chant pur et par l'amour dicté,
Aimeroit l'élégance et la simplicité.
Sexe né pour aimer, sexe sensible et tendre,
Vous que le Luxembourg tant de fois vit descendre
De ces chars élégans dorés pour la beauté,
Entendez-vous auprès d'un amant irrité
Iphigénie en pleurs vous conter ses alarmes,
L'image de ses maux vous arrache des larmes ;
Vous suivez l'enchanteur au camp d'Agamemnon,
Je vous entends d'Achille invoquer le grand nom.
Toutes vous l'implorez contre un malheureux père,
Et chacune de vous a le cœur d'une mère.
N'est-ce donc qu'en ce lieu qu'une grande action
Produit cette magique et douce illusion ?
Venez à d'autres jeux. Vous êtes dans Carthage,
Vous entendez au loin retentir son rivage ;
Le prêtre, pour sa reine, implore en vain les Dieux.
Vos pleurs coulent déjà. Ce chant religieux,
Ce magique concert, cette langue divine
A le charme secret du style de Racine.

Nous louons ces talens ; mais les nobles vertus
Rehaussent leur éclat, nous touchent encor plus.
Corneille avoit fini ses travaux et sa vie ;
Le monde le pleuroit. Déjà l'Académie,
De ce concert funèbre a donné le signal.
Racine vient..... il vient pour louer un rival,
Et naguère la Mort étend sa main cruelle ;
Gluck jette un œil mourant sur sa lyre immortelle.
Piccini nous retrace un touchant souvenir : 19
« Que son nom, disoit-il, vive dans l'avenir.... »
L'ombre de Gluck sourit, et croit entendre un frère,
Pour elle demandant la fête anniversaire
Qu'aux bords de la Tamise un décret solennel
Près des tombeaux des rois établit pour Handel.
Vœu digne du génie et d'une ame sensible :
Ah ! les arts consolans, dans leur lutte paisible,
D'un spectacle bien doux charmeroient les mortels,
Si serrant leurs rivaux en leurs bras fraternels,
Aussi-bien qu'à la gloire à l'amitié fidelles,
Leurs enfans oublioient d'inutiles querelles !
Ne vois-je pas au loin, sur ces longs boulevards,
S'agiter des partis, flotter des étendards ?
Un autre Mahomet, du fond de l'Arabie,
Vient-il, le sabre en main, éclairer ma patrie ?
Paris va-t-il élire un monarque nouveau ?
Partout j'entends crier : Gluck, Piccini, Rameau !
On s'échauffe, on s'émeut, je crois voir deux armées,
Pour la cause des rois au combat animées.
Paris en d'autres temps a vu dans ses remparts,
Des troubles s'élever pour la gloire des arts.
Ces combats, dites-vous, étendent la carrière ;
De leur choc on voit naître et jaillir la lumière.

5 *

Ah ! Minerve a besoin des douceurs de la paix :
Français, sachez goûter le fruit de ses bienfaits.
Eh ! n'est-il pas plus juste, et plus doux, et plus sage,
D'admirer les talens, ornemens de notre âge,
Et de jouir sans bruit de tant de grands travaux,
Que de combattre au nom de ces nobles rivaux ?
Sans haine et sans envie honorons leur mémoire.
Des chemins différens ont conduit à la gloire
Et Corneille et Racine, et Gluck et Piccini.
Fils d'Apollon, et vous, Méhul, Chérubini,
Des guides de la scène, ô disciples fidèles,
Méditez leurs leçons, suivez vos grands modèles ;
Par vos travaux unis puisse long-temps encor
Et du chant et des vers régner le siècle d'or !
Fils d'Euterpe, de Gluck les destins vous attendent.
Planant autour de vous ses mânes vous entendent.
Venez, parez vos fronts du superbe laurier
Qu'aux mains de Polymnie il ravit le premier.
Il vous légua sa lyre, elle est votre partage ;
C'est à vous qu'appartient un si noble héritage.
Ah ! méritez l'honneur qui vous est préparé ;
En France le génie est encore honoré.
Une aveugle puissance, une rage insolente
Naguère ont fait pâlir sa lumière tremblante :
Mais il renaît ; le ciel apaise son courroux,
Et le lycée enfin va se rouvrir pour vous.
France, séjour des arts, le monde te contemple.
Tes rois des Médicis avoient suivi l'exemple :
Souviens-toi de Vinci dans ton sein appelé,
Et dans son lit de mort par François consolé.   20
Rameau vient de finir ses travaux et sa vie :
Vois sa pompe funèbre en silence suivie ;

Vois tes temples s'ouvrir et viens entendre encor
Les airs de Dardanus et les chœurs de Castor.
L'Europe t'imitoit, à la cour d'Ibérie,
Farinelli, l'honneur de la belle Italie,
En pouvoir, en richesse égala près des rois
Les grands, les chevaliers, les gardiens des lois. 21
L'heureux Cafarelli, des enfans de son frère,
Dans Naple au rang des ducs éleva la misère. 22
Iomelli fleurit auprès de Wirtemberg. 23
Aux remparts de Berlin, au camp de Friedberg 24
Quantz suivit Frédéric, et, témoin de sa gloire,
Sa flûte dans les mains, célébra sa victoire;
Tandis que d'un beau chant par les Grâces dicté, 25
Hasse alloit près du trône enchanter la beauté.
C'est surtout dans cette île en grands hommes féconde
Où la Tamise étend les trésors de son onde
Que le peuple et les lords, les rois et leurs sénats
Honorent le génie, ornement des Etats.
Là près du grand guerrier marche le grand poëte.
L'Iliade est vantée ainsi qu'une conquête;
Hume comme Rodney, Garrick comme Bacon,
Handel y dort auprès des rois et de Newton;
Handel nommé long-temps le dieu de l'harmonie.
Ah! peut-être en ce jour il rentre dans la vie;
Peut-être errant autour de la vaste cité,
Il reçoit les honneurs de l'immortalité.
Les Gémeaux de Handel ont ramené la fête; 26
Son jour est arrivé, son triomphe s'apprête.
Des bords de l'Océan, des rives du Humber,
Ses amis, ses rivaux volent à Westminster.
Westminster doit ouvrir cette enceinte sacrée
Où des fils d'Albion l'élite révérée

Pèse les intérêts des peuples et des rois,
Où Pitt et Shéridan font entendre leur voix.
Cependant cette tour antique et redoutable, 27
Où souvent l'innocent pleure auprès du coupable,
A fait entendre au loin le bronze triomphal;
L'airain de Westminster répond à ce signal.
L'enceinte spacieuse est déjà préparée.
Bientôt un peuple immense en assiège l'entrée.
Le Roi vient : près de lui s'avancent tour-à-tour
Ses enfans, ses guerriers et les grands de sa cour;
Il vient, il voit la Gloire à la Beauté sourire;
Il voit Nelson marchant auprès de Devonshire. 28
Il entre : l'auditoire en groupe s'est pressé,
Et l'orchestre innombrable en face s'est placé!
Des instrumens nouveaux, étonnante merveille,
Y frappèrent la vue, y charmèrent l'oreille.
On vit la saquebute aux tons impétueux,
Le basson de Hainsby, les trombons tortueux,
Et ces bruyans tambours, ces immenses timbales
Qu'entendit Malplaquet dans ses plaines fatales,
Où le soutien des lis, l'intrépide Villars
Combattit autrefois l'aigle et les léopards :
Leur grand bruit du soldat échauffoit le courage.
Mais aujourd'hui captifs, humbles dans l'esclavage,
Ils semblent, consacrés à la plainte, au malheur,
Par un murmure sourd exprimer la douleur.
Bates, levant la main, commande le silence; 29
Il donne le signal et le concert commence.
De Lulli, de Campra le gothique bâton
Ne vint pas y régler et les temps et le ton.
Le concertant, guidé par une oreille sûre,
Resta toujours fidèle aux lois de la mesure :

Tous sembloient, commençant, finissant à la fois,
Ne produire qu'un son , ne former qu'une voix.
Ils peignoient dans leurs chants l'amour de Bérénice ,
Et les regrets d'Armide et les pleurs de Narcisse :
Chefs-d'œuvre de Handel , à Londres célébrés;
Ils chantèrent surtout ses cantiques sacrés ,
Ce *Messiah*, toujours présent à la mémoire.   30
Leurs airs de leur ami retracèrent la gloire.
Les auditeurs émus, les yeux mouillés de pleurs ,
Aux mânes de Handel offrirent leurs douleurs.
Tous sembloient regretter, redemander un frère ,
Des tons plaintifs et lents le tendre caractère ,
Des innombrables voix les sensibles accens
Attendrirent les cœurs et charmèrent les sens.
Tels Milton nous a peint les chœurs heureux des anges
Entonnant un concert d'hymnes et de louanges,
Réunissant leurs voix dans un chœur solennel ,
Célébrant leur bonheur et chantant l'Eternel.
C'est ainsi qu'animé d'un aimable délire
Je consacrois ma Muse aux maîtres de la lyre ,
Tandis qu'en son pays le fortuné Français
Voyoit renaître l'ordre, et le goût et la paix.
Dans ce temps , à l'abri du chêne tutélaire
Qui voit depuis cent ans la ferme héréditaire ,
Et l'humble pavillon qu'habitoient mes aïeux,
Sans nom et sans honneurs, j'allois libre et joyeux ,
Toujours fidèle aux lois du dieu de l'harmonie,
Célébrer ce bel art, doux charme de ma vie ,
De Boileau , de Grétri méditer les leçons ,
Et redire à l'écho des vers et des chansons.

FIN DU CHANT QUATRIÈME ET DERNIER.

NOTES
DU CHANT PREMIER.

1 **TERPANDRE** vient......

Je n'ai pas cru nécessaire de citer les ouvrages des anciens où l'on trouve les exemples des prodiges opérés par la musique des Grecs. Je m'en suis rapporté au savant auteur du *Voyage du Jeune Anacharsis en Grèce*, et j'ai regardé comme inutile de surcharger ces notes d'une érudition superflue. (*Voy*. BARTHÉ-LEMY, t. III , pag. 244.)

2 La Musique adoucit les mœurs de l'Arcadie.

> *Soli cantare periti*
> *Arcades...*   (VIRG., *ecl. X.*)

« Polybe nous dit que la musique étoit nécessaire pour adoucir
» les mœurs des Arcades, qui habitoient un pays où l'air est
» triste et froid ; que ceux de Cynète, qui négligèrent la mu-
» sique, surpassèrent en cruauté tous les Grecs , et qu'il n'y
» a point de ville où l'on ait vu tant de crimes. »

> (*Esprit des Lois* , chap. VIII , liv. IV.)

3 Tout céda: mais des arts la magique beauté
   Soumit à son pouvoir le vainqueur enchanté.

> *Græcia capta ferum victorem cepit, et artes*
> *Intulit agresti Latio.*   (HOR. , *epist. ad Aug.*)

4 Nivers leur associe un nouveau demi-ton.

Est-ce Nivers , ou le Maire , ou Vander-Putten , ou Jean de Muris qui a ajouté le *si* aux six sons de la gamme de Guy d'Arezzo ? Il importe peu de le savoir. Cette addition du *si* rendit les nuances inutiles, et elles furent proscrites de la musique française.

5 Enfin le contre-point naît , parle sous ses doigts.

Plusieurs auteurs attribuent cette belle découverte à Guy

d'Arezzo. Ce seroit une peine bien inutile de discuter encore
après tant d'écrivains la question oiseuse du contre-point des
anciens. Les lecteurs qui auroient la curiosité d'examiner les
pièces de ce grand procès, peuvent consulter l'*Encyclopédie
Méthodique*, art. CONTRE-POINT.

6 La quarte vainement défendit son empire.

Dans le siècle de la renaissance de la musique en Italie, la
quarte étoit préférée aux autres consonnances. *Principatum
obtinet*, dit Guy d'Arezzo. Quant à l'histoire de l'admission de
la tierce et de la sixte dans le plain-chant et dans la musique, on
peut consulter l'*Encyclopédie Méthodique*, art. CONTRE-POINT.

7 . . . . Et par l'Ister baignés.

L'Ister est l'ancien nom du Danube, qui passe à Vienne après
avoir traversé l'ancienne Dacie qui comprenoit la Transylvanie,
la Valachie et la Moldavie.

Et conjurato descendens Dacus ab Istro.

(VIRG., *Géorg.*, liv. II.)

8 Je vous prends à témoin, ô vous qui dans Paris
Naguère de la voix vîntes chercher le prix !

On veut parler ici de cette excellente troupe de bouffons italiens qui ouvrirent leur spectacle aux Tuileries, au mois de
février 1789, sous le titre de *Théâtre de Monsieur.*

9 Entendirent cent fois l'air pompeux des Sauvages.

C'est cet air de ballet superbe qu'on jouoit tous les ans au
grand concert des Tuileries.

« Pourquoi l'air des Sauvages de Rameau a-t-il survécu à
» une infinité d'autres pièces excellentes du même auteur ?
» C'est qu'il a du caractère; et les variations de la mode, le
» changement des formes musicales, ne peuvent rien contre
» cette qualité. » (*Encycl. Méthod.*, art. CARACTÈRE.)

10 Rameau ferma les yeux, et tout Paris en deuil
Courut jeter des fleurs autour de son cercueil.

« Rameau mourut le 12 septembre 1764, âgé de 81 ans.
» L'Académie royale de Musique lui fit faire un service, où
» plusieurs beaux morceaux tirés des opéras de *Castor* et de

» *Dardanus* furent adaptés aux prières qu'il est d'usage de chan-
» ter dans ces cérémonies. Ceci rappelle le tableau de la Trans-
» figuration, que les élèves du célèbre Raphaël firent placer vis-
» à-vis de son cercueil, lorsqu'on célébroit sa pompe funèbre.
» On ne pouvoit louer plus dignement ces deux artistes, et
» faire mieux sentir au public la perte qu'il venoit de faire. »

(Encyclopédiana, art. RAMEAU.)

11   Il préféra toujours les Muses aux Syrènes.

Cette belle maxime de Pythagore a été appliquée ingénieuse-
ment à Gluck par un écrivain de sa nation. Ses contemporains
l'appeloient le Michel-Ange de la musique.

(Encycl. Méthod., art. ALLEMAGNE.)

Nul homme de génie n'a joui de son vivant d'une plus grande
renommée. On ne peut résister au plaisir de consigner dans ces
notes un morceau du poëme de don Thomas de Yriarte,
plein de verve et d'enthousiasme :

« Y tu, immortal compositor de Alceste,
» Dé Ifigénia, de Pàris y de Elena,
» Cantor Germano, del cantor de Tracia,
» Gluck, inventor sublime, por quien éste
» Sera ya el siglo de oro de la escena,
» Quando Europa te pierda por desgracia,
» Tu, de laurel perpetuo coronado,
» A qui hallaras asiento distinguido,
» A qui donde ni elogio interesado,
» Ni envidia reina, ô nacional partido..... »

Un de mes amis m'envoya un jour une traduction de ce morceau. Je me fais un plaisir de la transcrire ici :

« Et toi qui fis Alceste, Hélène, Iphigénie,
» Chantre et rival d'Orphée, ô sublime génie !
» O Gluck, le siècle heureux qui te possède encor,
» Dans les fastes de l'art sera le siècle d'or !
» Ah ! quand l'Europe en deuil pleurera sur ta cendre,
» Le front ceint de lauriers nous te verrons descendre
» Ici, dans l'Elysée, où le vil intérêt
» Ne sème plus le blâme ou l'éloge indiscret ;
» Et, loin des préjugés que le temps seul efface,
» Ici tu t'assoiras à la première place. »

12 Même dans Ernelinde, au chœur le plus touchant.

C'est celui qui commence par ce vers :

« Jurons sur nos glaives sanglans.... »

Il a été regardé long-temps comme le chef-d'œuvre du genre, et n'a peut-être pas encore été surpassé.

(*Encyclop. Méthod.*, art. CHŒUR.)

13 Ce n'est pas en chantant que le plus grand des czars,
Pierre, de Pétersbourg éleva les remparts.

Pierre-le-Grand, fondateur de Pétersbourg et des arts de la Russie.

14 Plaignit du grand Dauphin le fils infortuné.

Philippe de France, duc d'Anjou, second fils du grand Dauphin, et petit-fils de Louis XIV.

15 C'étoit Farinelli.

Le chevalier Carlo Broschi, si connu sous le nom de Farinelli. Il fit admirer ses talens en Italie, en Allemagne, en Angleterre et en France, et fut enfin appelé en Espagne. Il réussit à persuader à Philippe V de se laisser raser et habiller, et d'entrer au conseil, comme à son ordinaire. Dès-lors la maladie du prince diminua sensiblement, et le chanteur eut tout l'honneur de cette cure.

16 En écoutant cet air qu'auprès de ses troupeaux.....

C'est le rantz des vaches, cet air bizarre que les bergers des montagnes de la Suisse jouent sur leurs cornemuses. On le trouvé noté dans le *Dictionnaire de Musique* de Rousseau.

17 Une barbare loi menace en vain sa vie.

Sous le règne de Louis XV, la loi militaire prononçoit la peine de mort contre les déserteurs.

18 Muse, dis le bonheur du jeune Stradella.

Le fond de cet épisode est vrai. Le prince de Beloselski rapporte cette aventure d'après le Père Martini, dans son ouvrage intitulé : *De la Musique en Italie.*

FIN DES NOTES DU CHANT PREMIER.

NOTES
DU CHANT DEUXIÈME.

1 ROUSSEAU va vous servir de guide et de boussole.

La proposition de ce chant est imitée de Rousseau.
(*Voy. Dict. de Mus.*, art. GÉNIE.)

2 Au *Stabat*, au *Credo* si tu trouves des charmes....

Le *Credo* de Galuppi n'est pas moins célèbre dans l'histoire
de l'art, que le *Stabat* de Pergolèse.

3 Les modernes à deux ont borné la science.

On prétend dire seulement que les modernes ne composent pas
des morceaux entiers en genre en-harmonique, comme ont fait
les Grecs. Au reste, le genre en-harmonique des anciens n'étoit
pas le même que celui des modernes.
(*Voy. Dict. de Mus.*, art. EN-HARMONIQUE.)

4 Et Rameau, dans son temps, l'essaya sans succès.

Rousseau dit (art. EN-HARMONIQUE) qu'une partie du trio des
Parques, dans l'opéra d'*Hippolyte*, fut composé dans ce genre,
mais que l'orchestre ne put l'exécuter.

5 Des accords primitifs que donna la nature.

Les accords consonnans.

6 Et d'un ordre de sons à l'oreille étranger.

Les accords dissonnans.

7 L'un aime l'allégro qui le suit en courant.

Seroit-il nécessaire de demander grâce pour quelques mots
techniques qu'on trouvera dans ce poëme, et qui ont passé de
la langue italienne dans la nôtre ? Il faut bien se servir du voca-
bulaire de l'art sur lequel on écrit. Il semble aussi que ces mots,
allégro, *adagio*, ne blessent pas plus l'oreille que ces mots

latins que le besoin a fait naturaliser dans notre langue. Tels
sont : *incognito*, *impromptu*, *in-quarto*. Personne n'a reproché
à Boileau d'avoir écrit :

« Il met tous les matins six impromptus au net. »
(ART POÉTIQUE.)

« D'un Pinchêne in-quarto Dodillon étourdi. »
(LUTRIN.)

8   Un Amphion nouveau....

Cet Amphion moderne est le célèbre Caffarelli, que le maréchal de Richelieu attira à Paris en 1753, et qui chanta au Concert
Spirituel. Il amassa de grandes richesses, et fit construire à Naples,
sa patrie, une maison magnifique, sur laquelle on lisoit cette
inscription : *Amphion Thebas*, *ego domum.*
(*Encycl. Méthod.*, art. CHANTER.)

9   Ecoutez cette voix éclatante et factice
Qui vous peint les fureurs d'Oreste et de Narcisse.

Allusion aux opéras d'*Iphigénie en Tauride* et d'*Echo et Narcisse.*

10   Des différentes voix fait un juste partage.

Nous avons sur presque tous nos théâtres trois caractères de
voix d'hommes, la haute-contre, la taille et la basse-taille. Cette
division admet même une subdivision, et nous avons des basses-
contre, des concordans et deux degrés de *dessus.*

11   C'est Todi ; c'est du chant le plus parfait modèle.

Madame Todi, célèbre cantatrice italienne qu'on entendit
pour la première fois au Concert Spirituel, en 1778, et qui
charma tout Paris par la beauté de sa voix et par la pureté de
son chant.

12   Dès que vous entendez ce grand nom de Porus....

Ce vers rappelle cette belle scène d'*Alexandre aux Indes*, qui
commence par ces mots : *Poro dunque mori*, et que madame
Todi chantoit avec tant d'ame et de goût.

13   Regardez son émule ; écoutez ses accens.

Madame Mara, célèbre cantatrice allemande, qui chanta au
Concert Spirituel, en 1783.

14   Qu'Amantini de l'art étale les merveilles.

Habile chanteur italien, qu'on entendit au Concert Spirituel, en 1779.

15   Ensemble nous chanter cet *O salutaris....*

Beau motet qui fut exécuté au Concert Spirituel, sans aucun accompagnement d'instrumens, le 9 décembre 1782.

16   Allez à Westminster. Ecoutez la prière....

Cette prière commence par ces mots : *God save the King.* Cet air noble et grave est toujours écouté dans un recueillement religieux. Le matin et le soir, il est exécuté par la musique de chaque régiment. Quand le roi paroît au spectacle, les acteurs chantent le *God save.* Il est accompagné par l'orchestre. Toutes les femmes qui occupent le devant des loges se tiennent debout, et agitent en l'air leurs mouchoirs ou leurs voiles. Il est impossible de ne pas éprouver un sentiment de respect et d'attendrissement. De tels usages sont bien propres à entretenir l'enthousiasme et l'amour d'un peuple pour son Gouvernement, et c'est ainsi que les mœurs augmentent la force des lois.

17   Durantes de nos jours....

Francesco Durante, maître des Pergolèse, des Piccini, des Sacchini, etc., le plus grand harmoniste de son temps.

18   . . . . Rivaux de Mondonville.

Mondonville, habile compositeur, auteur d'un *Credo* regardé comme un des plus beaux morceaux de musique latine qui existent.

19   Faites de Scarlatti revivre les cantates.

Alexandre Scarlatti, le compositeur de cantates le plus fécond et le plus original qui ait peut-être jamais existé. Il en composoit souvent une par jour. (*Encycl. Méthod.*, art. CANTATE.)

20   Et de ce qu'en leur temps Fux, Tartini......

Fux, savant musicien, né en Styrie, dans le cercle d'Autriche, auteur de différens ouvrages sur la théorie de la musique, et principalement d'un *Traité élémentaire des Principes de la Compa-*

sition, qui a été traduit en italien, et qui a été jusqu'à présent le guide des maîtres et des écoles d'Italie.

(*Encycl. Méthod.* , art. ALLEMAGNE.)

Tartini , célèbre musicien italien, auteur d'un *Système d'harmonie* et de plusieurs autres ouvrages sur la théorie de l'art.

21　Qui n'entendit vanter ce bon Dreux de Bretagne....

Jean Ier, de Dreux, comte souverain de Bretagne. Il aima et protégea les troubadours, et fit des chansons comme eux.

22　Ces sires de Couci......

Le sire de Couci qui tient une si belle place dans nos romans de chevalerie et au Théâtre-Français. Il fut aussi célèbre par son héroïsme que par la constance de son amour pour l'infortunée Gabrielle de Vergy , femme du châtelain de Fayel.

23　. . . . . Ces comtes de Champagne....

Thibaut IV, comte de Champagne et roi de Navarre, l'amant de Blanche de Castille , mère et tutrice de saint Louis , et régente du royaume, l'un des premiers poëtes de son siècle. Il reste quelques chansons de ce roi chevalier et troubadour.

24　L'air chéri de l'Ibère....

Les Folies d'Espagne.

25　. . . . . Ou celui de Blondel....

C'est l'air que ce troubadour, ce modèle touchant de fidélité envers un roi malheureux, chante sous les fenêtres de la prison de Richard II, dit *Cœur-de-Lion* , dans l'opéra qui porte ce titre. Cet air respire le goût antique. M. Grétry, comme l'observe M. Framery, est un des compositeurs modernes qui ont le plus souvent imprimé un caractère à leurs ouvrages.

(*Encycl. Méthod.* , art. CARACTÈRE.)

26　Les vers à Gabrielle adressés par Henri....

C'est cette romance que chantent si souvent les hommes sensibles, et qui finit par ce couplet délicat que l'amant de Gabrielle semble avoir fait avec son cœur :

　　　« Partagez ma couronne ,
　　　» Le prix de ma valeur ;

» Je la tiens de Bellone,
» Tenez-la de mon cœur.
» Cruelle départie !
» Malheureux jour !
» Que ne suis-je sans vie,
» Ou sans amour ! »

Quant à l'air qu'on a adapté à ces paroles touchantes et naïves, M. Framery observe que toutes les fois qu'on entend un air de ce genre, c'est à celui-là qu'on le compare sans s'en apercevoir. C'est un de ces airs d'un caractère tendre et doux, qu'on aime à se rappeler souvent, et qu'on ne peut quitter.

27 La romance de Laure, ou l'histoire éternelle
De ce héros aimé d'une autre Gabrielle.

La romance de Laure, de Marmontel, qui commence par ce vers :

« En revenant de Vaucluse.... »

est un des chefs-d'œuvre d'un genre dans lequel la France est bien riche.

Quant aux airs de ces longues romances de Couci, de Comminge, que j'ai entendu souvent chanter dans ma jeunesse, ils ont vieilli, et ont fait place à des chants plus heureux qui allient la grâce et l'élégance à l'aimable simplicité du genre.

28 Imitant les amans du siècle d'Isabelle....

Isabelle de Castille, épouse de Ferdinand-le-Catholique, roi d'Aragon. Elle vivoit dans le quinzième siècle.

29 Je venois de ces bords qu'en son lit tortueux....

Barège, lieu renommé pour ses eaux minérales.

30 Je vois l'heureux Coarase.........

Château situé dans la fertile plaine de Nay, au bord du Gave béarnais. C'est là que le jeune prince de Béarn fut élevé. Henri II d'Albret, son aïeul, lui donna pour gouvernante Suzanne de Bourbon, femme de Jean d'Albret, baronne de Miossens.   (PÉRÉF., *Hist. de Henri-le-Grand.*)

31 J'ai vécu quelque temps au lieu de sa naissance.

Je vais transcrire ici pour le plaisir du lecteur l'aimable description que M. Ramond a faite de la patrie d'Henri IV, dans ses *Observations sur les Pyrénées* :

« Pau, dit ce savant naturaliste, a une place distinguée
» dans l'histoire. C'est là qu'Henri IV naquit au milieu d'un
» des peuples les plus aimables de la terre. Son château, tel
» qu'il l'a laissé, respecté jusque dans sa division intérieure,
» garni de ses vieux meubles, orné de portraits de famille, a
» l'air de l'attendre encore ; mais lorsqu'on songe qu'il n'y
» reviendra plus, on embrasse son berceau comme une relique
» sacrée, et ce vieux château, rempli de muets contemporains
» de sa jeunesse, devient le plus triste et le plus touchant des
» monumens.....

» Rien de plus délicieux que les environs de Pau, que les
» méandres du Gave ; que les coteaux qui, en s'enchaînant,
» gouvernent son cours. Rien de plus riche que ces beaux
» vignobles où l'on recueille le Jurançon ; que ces nombreux
» vergers et ces habitations éparses, où le gentilhomme et le
» paysan, l'un comme l'autre propriétaires, vivent selon leur
» condition, du produit de leurs champs. Rien de si intéres-
» sant que ce peuple, libre par son caractère bien plus que par
» ses fors et priviléges, spirituel, vif, élégant même sans cul-
» ture, dont le noble est sans hauteur, et le cultivateur sans
» grossièreté ; chez lequel de vieux usages et un vieux langage en
» honneur attestent et nourrissent l'amour de la patrie. En lui
» ce sont ses ancêtres que l'on voit. »

32 Sa mère lui restoit, sa mère fut son guide.

Jeanne d'Albret, fille d'Henri II d'Albret, épouse d'Antoine de Bourbon, duc de Vendôme.

« Princesse qui avoit l'esprit et le courage au-dessus de son
» sexe, et dont l'ame toute virile n'étoit point sujette aux foi-
» blesses et aux défauts des autres femmes. »

(Péréf., Hist. de Henri-le-Grand.)

33 Revenoit consoler Corisande et l'amour.

Corisande d'Andoin, veuve de Philibert comte de Gram-mont. Elle fut la première maîtresse d'Henri IV.

54 Dieu! pourquoi monta-t-il au trône des Valois ?

Cette expression de douleur et de regret m'a paru naturelle dans la bouche d'un paysan de Coarase. Henri eût vécu plus heureux au milieu de ses bons Béarnais qui l'aimoient, que sur le premier trône du monde. Il sembloit que la nature avoit destiné ce bon prince à faire long-temps le bonheur du petit pays qui l'avoit vu naître. Péréfixe observe que « il n'y eut jamais de » succession plus éloignée en aucun Etat héréditaire : il y avoit » dix à onze degrés de distance de Henri III à lui ; et quand il » naquit, il y avoit neuf princes du sang devant lui ; savoir : le » roi Henri II, ses cinq fils, le roi Antoine de Navarre son » père, et deux fils de cet Antoine, frères aînés de notre » Henri. »

FIN DES NOTES DU CHANT DEUXIÈME.

6 *

NOTES

DU CHANT TROISIEME.

1   PAR ses tons éclatans il imita la voix.

De tous les instrumens de concert, le hautbois est celui qui imite le mieux la voix humaine, comme l'a observé don Thomas de Yriarte : « El instrumento mas semejante à la voz humana. »
(*Notes du chant quatrième.*)

2   Les chants purs et sacrés d'Ambroise et de Grégoire.

Saint Grégoire-le-Grand, pape, qui vivoit dans le septième siècle, perfectionna le plain-chant, et lui donna la forme qu'il conserve aujourd'hui à Rome et dans les autres églises où l'on pratique le chant romain.

3   Des cornets descendant à la grave pédale....

Cornets, pédales, jeux d'orgue.

4   Couperin et Séjean, Balbâtre et Charpentier....

Ce concours des quatre plus habiles organistes de notre siècle n'est point une fiction poétique. Ils firent l'essai de l'orgue de Saint-Sulpice au mois de septembre 1781. J'étois présent à cette lutte des premiers talens de la capitale. Il y avoit une grande affluence d'amateurs. Le public n'admira pas moins la richesse, l'élégance et la belle qualité de son de cet instrument superbe, exécuté par le célèbre Cliquot, que le jeu savant des quatre grands artistes qui l'essayèrent. (*V. Merc. de France.*)

5   Un ton plus simple encor convient à la viole.

La viole est cet instrument à corde qu'on appelle aussi *alto-viole* ou plus simplement *alto*, et qui est chargé, dans l'harmonie, de la partie intermédiaire.

6   Même au violoncelle elle est assujettie.

Le violoncelle, autrement dit *basse de viole*, ou plus simple-

ment *basse*, et qui est chargé de la partie grave de l'harmonie.

7   Je m'écrie à mon tour : Sonate, que veux-tu ?

Allusion au mot de Fontenelle, qui entendant un jour une
de ces symphonies qui n'expriment rien, s'écria dans un mouvement d'impatience : Sonate, que me veux-tu ?

8   Chantoit un favori d'Euterpe et de Thalie ?

Les anciens amateurs du théâtre n'ont pas oublié ce Cailleau
qui a exercé long-temps l'emploi de basse-taille à la Comédie
Italienne. C'étoit un excellent acteur et un grand chasseur. Je
l'ai vu toujours extrêmement applaudi lorsqu'il chantoit ce bel
air de chasse qui se trouve dans l'opéra de *Tom-Jones*. M. Gin-
guené, auteur de l'article CHASSE (*Encycl. Méthod.*), observe
que ce rôle de Western ne fait plus la même illusion qui ré-
sultoit de ce rapport piquant entre l'acteur et le personnage.

9   Celui qui dans nos jeux, comme dans les combats,
    Fait d'un pas cadencé marcher nos fiers soldats?

L'air de la marche.

10   Celui qui, s'unissant à la voix de la gloire,
    Les fait, sous nos drapeaux, voler à la victoire.

L'air de la charge.

11   Et celui qu'on entend, vers le déclin du jour,
    Du guerrier dans sa tente annoncer le retour?

L'air de la retraite.

12   On dansoit en chantant et Cérès et Bacchus....

(*V.* PLUT., *in Alcib.*, p. 421, trad. d'Amyot, édit. de Paris.)

13   Et les prêtres de Mars imitèrent Pyrrhus.

Les prêtres de Mars ou Saliens (du mot *salire*) exécu-
toient leurs danses religieuses couverts d'une espèce de cuirasse
d'airain ; ils portoient le javelot d'une main et le bouclier de
l'autre. Il paroît que ces danses ne différoient en rien de la
danse pyrrhique dont quelques anciens écrivains attribuent l'in-
vention à Pyrrhus. (*Encycl. Méthod.*, t. II des ANTIQUITÉS.)

14 David même dansa devant l'arche sacrée.

« David, revêtu d'un éphod de lin, dansoit devant l'arche,
» de toute sa force. »   (*Liv. II des Rois*, chap. VI.)

15 Ainsi cette tribu des Hébreux honorée.

« La fête que les Hébreux célébrèrent, après le passage de la
» mer Rouge, fut accompagnée de danses exécutées au son des
» instrumens qu'ils avoient apportés d'Egypte. »
          (*Hist. Univ. Angl.*, tom. IV, p. 13, édit. de Paris.)

16 Et la religion vit les premiers fidelles
     Célébrer en dansant leurs fêtes solennelles.

Un des articles du troisième concile de Tolède, convoqué au
quatrième siècle, est ainsi conçu : « On retranchera des so-
» lennités des Saints les danses et les chansons impures. »
                    (*Hist. Eccl. de Fleury.*)

17 Aux ballets de Noverre est plus charmante encore.

Noverre, maître des ballets de l'Empereur, auteur des
Lettres sur la Danse et sur les Ballets de nos jours. Vienne,
Londres et Paris l'ont vu élever son art au plus haut degré de
perfection. Voltaire lui écrivoit un jour : « Vous êtes un Pro-
» méthée ; il faut que vous formiez des hommes, et que vous
» les animiez.... »

18 Ses pieds, ses mains parloient....

    « *Clausis faucibus, et loquente gestu, nutu, crure,*
    » *Genu, manu, rotatu, etc.* »   (SIDON. APOLL.)

19 Un héros à ces jeux forma le Grec docile.

Thésée inventa une danse qui étoit l'image des détours du
labyrinthe de Crète, et la fit exécuter par la jeunesse de Délos.
On la nomma la *Danse de la grue*, parce qu'on s'y suivoit à
la file.   (*Encycl. Méthod.*, art. BALLET.)

20 Rome eut sous les Césars et Pylade et Batile.

Pylade et Batile d'Alexandrie, fameux danseurs pantomimes
qui parurent sous le règne d'Auguste. Pylade inventa le ballet
propre à la tragédie, et Batile unit la danse au genre comique.

21   Leur danse de la mort semble l'affreux signal.

Les amateurs de la danse-pantomime se souviendront long-
temps du ballet du premier acte de l'*Iphigénie en Tauride* , de
Gluck, et de l'impression de terreur que les pas simples, mais
énergiques des deux chefs de sauvages leur firent éprouver.
Nommer les Vestris, les Gardel , les Dauberval, les Guimard ,
c'est faire leur éloge. La danse du théâtre paroît s'être élevée de
nos jours au plus haut degré de perfection. Il semble qu'elle
ne peut aller plus loin.

22   Vestris jette en dansant des fleurs à Galatée.

Galatée , charmant ballet-pantomime de la composition de
Noverre , remis au théâtre en 1781.

23   Venez la voir chercher de l'esprit au village.

Allusion au ballet de *la Chercheuse d'Esprit* , dans lequel
mademoiselle Guimard dansoit le principal rôle avec tant de
grâce et une naïveté si piquante.

24   O cité des Gastons , ô ma chère patrie !

Orthez, petite ville située sur les bords du Gave béarnais ,
ancien séjour des princes de Béarn de la maison de Moncade et
de celle de Foix. On y voit encore les ruines d'un château magnifique que Gaston VII de Moncade y fit construire en 1242.
Il étoit situé , comme dit Marca , « sur un tertre haut , élevé ,
» qui commande la ville (laquelle est comme abattue à ses pieds),
» et descouvre de tous costés cinq ou six lieues d'étendüe de
» pays ; et rapporte entièrement à l'assiette et au plan du châ-
» teau de Moncade en Catalogne , duquel Gaston étoit le sei-
» gneur propriétaire, en portoit le nom et les armes, aussi-bien
» que Guillaume son père, et Guillaume Raimond de Mon-
» cade son aïeul, seigneur de Béarn..... Il entreprit l'édifice
» de cet ouvrage , que Froissard a vu tout entier avec admira-
» tion ; lequel , à cause de sa magnificence , étoit aussi commu-
» nément appelé le *Château noble*, »

(MARCA , *Hist. de Béarn* , liv. VII, chap. II.)

Vers la fin du quatorzième siècle, Orthez attira les regards de l'Europe entière. C'est là que l'historien Froissard se rendit , en 1388 , pour achever ses chroniques.

« Bien savoit qu'il ne pouvoit mieux écheoir pour être in-
» formé de toutes nouvelles; car là se trouvoient moult volon-
» tiers tous chevaliers étrangers auprès de très grand prince
» Gaston Phébus , souverain de Béarn.

» Brièvement , tout considéré , dit Froissard , avant que je
» vinsse en cette cour d'Orthez, j'avois été en moult cours de
» rois , de ducs , de princes , de comtes et de hautes dames ;
» mais je n'en vis oncques aucune qui mieux me plût ; ni ne vis
» lieux aucuns qui fussent sur les faits d'armes plus réjouis que
» celui où étoit le comte de Béarn. On voyoit en la salle , en
» la chambre , en la cour , chevaliers et écuyers d'honneur
» aller et marcher , et les oyoit-on parler d'armes et d'amour. »

Me sera-t-il permis d'ajouter quelques mots à cet éloge naïf
et piquant du bon Froissard , et d'honorer aussi la mémoire des
anciens souverains dont les soins paternels ont fait long-temps
le bonheur de ma patrie ? Dans l'espace de plus de quatre
siècles, depuis Gaston de Moncade jusqu'à Henri IV, seize
princes ont régné en Béarn sans enfreindre le moindre de ses
privilèges. Quelles qu'aient été la différence de leurs caractères et
la diversité de leurs situations , au faîte de la gloire comme au
sein des revers , malgré l'attrait du pouvoir ou les conseils de la
nécessité, ils n'ont jamais porté la plus légère atteinte à la
liberté de leurs sujets. J'ose croire qu'il est peu d'Etats célèbres
qui aient été aussi bien gouvernés que le petit pays de Béarn , et
je préfère son histoire à celle de plus d'un grand Empire.

25 Laissez à vos voisins leurs sauts un peu sauvages.

On entend parler ici de cette danse de saltimbanques qu'on
appelle les *sauts basques* , et qu'on exécute en l'accompagnant
de cris sauvages sur un air qui n'a guère plus de grâce et d'harmonie que le *rantz des vaches*. Heureusement, les sauts basques
commencent à vieillir.

26 Et leur danse est burlesque , ainsi que leur patois.

Les descendans des soldats d'Annibal , de Viriatus et de Ser-
torius , des vainqueurs de Charlemagne et de Roland , n'ont

pas cherché à naturaliser dans leurs âpres montagnes cette gloire
qui appartient aux peuples qui ont cultivé les arts et épuré leur
langue ; mais ce peuple, pauvre et simple, mérite sous d'autres
rapports une attention particulière. Leurs belliqueux ancêtres,
les anciens Vascons, ne parloient pas une aussi belle langue que
le peuple-roi ; mais ils résistèrent long-temps à ses armes vic-
torieuses, et luttèrent avec gloire contre le génie et la fortune des deux premiers Césars. Ils repoussèrent pendant plus
de trois siècles les Goths et les Maures, et restèrent libres lorsque
le reste de l'Europe étoit esclave. Ce sont là sans doute de
beaux titres.

27 Qu'au fandango succède un boléro léger.

Le *fandango* est une danse charmante que les Espagnols
exécutent sur un air très gai. Don Thomas de Yriarte en parle
en ces termes :

> « El aïroso fandango, que alegria
> » Infunde in nacionales y estrangeros,
> » En los sabios, y ancianos mas severos.... »

(*Canto quinto.*)

Les boléros sont des airs de danse du même caractère que le
fandango.

28 Egalez du Germain la noble symphonie.

Je ne prétends point assigner les rangs. Je ne fais que me
conformer à cette sorte de distribution de prix faite par don
Thomas de Yriarte, et contre laquelle aucune nation ne paroît
protester. Voici les vers qu'il met dans la bouche d'Iomelli,
dans son quatrième chant :

> « No dudéis, companeros, les decia,
> » Que si Espana nos da practico exemplo
> » De la grandiosa musica del templo ;
> » Si de la instrumental hoi se gloria
> » Tan justamente el Aleman imperio ;
> » Y Francia honor merece
> » Quando con libros teoricos nos guia ;
> » Del musical teatro el magisterio
> » A la ingeniosa Italia pertenece. »

Voici une traduction de ce morceau, faite par le même ami dont j'ai déjà cité les vers :

« Si l'art d'unir les sons des divers instrumens
» Doit son lustre et sa gloire aux soins des Allemands;
» Si la superbe Espagne, à son culte fidèle,
» Des chants religieux offre le vrai modèle;
» Si la France a guidé, par de savans écrits,
» Ceux qui de ce bel art se disputent le prix;
» La palme du théâtre est due à l'Italie,
» Et j'en prends à témoin Melpomène et Thalie. »

29 Toi surtout, ô Hayden, génie intarissable.....

On a cherché à imiter dans ce morceau le bel éloge que don Thomas de Yriarte fait de ce grand compositeur de musique instrumentale :

« Solo a tu numen, Hayden prodigioso,
» Las musas concedieron esta gracia
» De ser tan nuevo siempre, y tan copioso,
» Que la curiosidad nunca se sacia
» De tus obras mil veces repetidas.
» Antes seran los hombres insensibles
» Del canto à los hechizos apacibles,
» Que dexen de aplaudir las escogidas
» Clausulas, la expresion, y la nobleza
» De tu modulacion, o la estraneza
» De tus doctas y harmonicas salidas.
» Y aunque a tu lado en esta edad numeras
» Tantos y tan famosos compatriotas,
» Tu solo por la musica pudieras
» Dar entre las naciones
» Vecinas, o remotas
» Honor a las Germanicas regiones. »

(*La Musica*, canto quinto.)

Je vais transcrire encore, pour le plaisir du lecteur, un autre morceau du poëme de *la Musique*, dont la traduction est de la même main :

» Léjos de que se humille su grandeza,
» Entònces mas la exâlta, y se acredita
» Hija de la sagaz naturaleza,

» Quando ya no la ocultan los dorados,
» Techos de los magnificos estrados;
» Antes bien en los paramos habita,
» En humildes apriscos,
» Pajizas chozas, y marinos riscos,
» Dictando facilisimos cantares
» En el ocio, faenas y pesares.
» Pues ¿ quién abrevia, sinò el rudo canto,
» Los lentos dias al pastor que yace
» Entre sombrios àrboles, entanto
» Que su rebano quietamente pace?
» ¿ Qué otro recurso tiene el marinero
» Que del rigido enero
» Las noches vela, al gobernalle asido?
» ¿ O el pescador sufrido,
» Que en la roca sentado con su cana,
» Horas y peces juntamente engana?
» ¿ Quien el trabajo alivia al que maneja
» En dura tierra la encorveda reja?
» ¿ Al segador rendido en el verano,
» Al solo caminante, al artesano?
» El desterrado, en fin, y entre cadenas
» El afligido preso, y el cautivo
» ¡ Qué propicio consuelo y lenitivo
» No deben à la mùsica en sus penas! »

Voici la traduction de ce morceau :

« Ah! loin de s'abaisser, elle s'élève encore,
» Quand sortant des palais qu'un vain luxe décore,
» Fille de la nature, elle va dans les champs
» Aux simples laboureurs dicter d'aimables chants.
» Sous l'humble toit du pauvre elle porte la joie ;
» Partout à ses accens la gaîté se déploie.
» Loin du berger oisif elle écarte l'ennui,
» Tandis que ses troupeaux paissent autour de lui.
» C'est elle qui des mers bravant l'affreux murmure,
» Veille près du pilote, et dans la nuit obscure
» Anime son courage et tient ses yeux ouverts.
» Les pêcheurs, suspendus à des rochers déserts,
» D'où leur main lance un dard aux liquides demeures,
» Trompent par des chansons les poissons et les heures.

» Celui qui guide un soc dans un champ indompté,
» Le moissonneur brûlant sous les feux de l'été,
» L'indigent voyageur, l'artisan solitaire,
» L'exilé qui languit dans un autre hémisphère,
» Le prisonnier courbé sous le poids de ses fers,
» Le captif qui du sort éprouve les revers,
» Tous ensemble, art divin, ont recours à tes charmes ;
» Tu soutiens leur constance et tu sèches leurs larmes. »

30 Peindre en musique est beau, mais chanter est plus doux.

Il est peut-être inutile d'observer que le mot *chant* a deux significations très distinctes. Le *chant*, dans la première acception, est une succession de sons appréciables à l'oreille, et considérés indépendamment de ce charme qui est attaché à une mélodie savante et pure. Le *chant*, dans la seconde acception, est une succession de sons disposés dans un ordre régulier, et propre à flatter agréablement l'oreille. C'est dans ce dernier sens que je dis qu'il est plus doux de chanter que de peindre en musique. C'est ainsi qu'on dit quelquefois : Cette musique n'a point de chant. Gluck a moins de chant que Piccini. Le chant est à la musique ce que la poésie est à la versification.

31 Castre, Luckner, de Vaux.

Le marquis, depuis maréchal de Castries, ou Castre, comme écrit Voltaire, suivant la véritable prononciation de ce nom. L'on se rappelle ses actions héroïques à Rosback, à Gottingen, à Rhinfels, à Warburg, et surtout à Rhimberg, où il remporta un grand avantage sur le prince héréditaire de Brunswick.

Le baron, depuis maréchal de Luckner, lieutenant-général en 1763. Il avoit fait ses premières armes dans les troupes hanovriennes.

Le comte, depuis maréchal de Vaux.

« Deux traits de sa carrière militaire suffiroient pour l'éloge
» d'un homme de guerre, et ils ne font qu'ébaucher le sien.
» Il commandoit dans Gottingen pendant l'hiver de 1760 à 1761,
» et il vient de soumettre la Corse. » (GUIB., *Ess. de Tact.*)

32 . . . . Le vainqueur de Mahon.

Le maréchal duc de Richelieu.

33 Le héros de Fritzlar....

« Le comte de Narbonne, brigadier, colonel d'un régiment
» de grenadiers royaux, se distingue à la défense du poste de
» Fritzlar, où il est attaqué par les Prussiens. » (Extrait de la
table ou abrégé des 135 volumes de la *Gazette de France*.)
Depuis cette action glorieuse, le comte de Narbonne fut connu
dans le monde sous le nom de Narbonne-Fritzlar.

34 De Thésée on entend la marche harmonieuse.

La marche de l'opéra de *Thésée*, musique de Lulli. A l'époque
où le dernier camp de Compiègne fut formé, on jouoit fré-
quemment cette marche.

35 Béthune fait marcher ces escadrons guerriers.....

Le corps des carabiniers, dont Monsieur, frère du feu roi,
étoit colonel propriétaire.

36 Brissac, près de Turin, lui donna la naissance.

« Le maréchal de Brissac, faisant la guerre en Piémont, avoit
» imaginé les premiers dragons. Ces dragons étoient proprement
» de l'infanterie à cheval : ils conservèrent pendant quelque
» temps le mousquet..... Lorsqu'ils mettoient pied à terre pour
» combattre, ils attachoient leurs chevaux deux à deux. »

(*Essai général de Tactique*, de Guibert.)

FIN DES NOTES DU CHANT TROISIÈME.

NOTES

DU CHANT QUATRIEME.

1 LE mode phrygien, inventé pour les Dieux.

« Suivant Platon, dit l'auteur des *Voyages du Jeune Ana-*
» *charsis en Grèce*, l'harmonie phrygienne, plus tranquille que
» la dorienne, inspiroit la modération, et convenoit à un
» homme qui invoque les Dieux. »

(*Notes du troisième volume*, page 383.)

2 . . . . Mais bientôt Euripide,
    Choisissant Timothée et pour maître et pour guide....

Il pourra paroître singulier qu'on dise qu'Euripide, que l'un
des trois grands tragiques grecs prit un musicien pour maître et
pour guide. C'est que, dans ces temps reculés, la poésie et la
musique étoient sœurs et étroitement unies. Presque tous les
poëtes étoient musiciens ; presque tous les musiciens étoient
poëtes. Voici ce que dit à ce sujet le savant abbé Barthélemy,
d'après Plutarque : « Euripide, complice des innovations que
» Timothée faisoit à l'ancienne musique, adopta presque tous
» les modes, et surtout ceux dont la douceur et la mollesse
» s'accordoient avec le caractère de sa poésie. »

3 Caton même y parut, et conserva sa gloire.

Allusion à *la Mort de Caton*, tragédie-lyrique de Métastase.

4 Zéno de son talent vit le jeune héritier....

Apostolo Zéno, le créateur de l'art dramatique dans son
pays, le Corneille de l'Italie.

Métastase, disciple et émule de Racine, l'un des plus beaux
génies dont l'Italie moderne puisse se glorifier.

5 C'est en vain que Rousseau viendroit te dire encore....

On nioit le mouvement à un philosophe ; pour réponse, il

marcha. Rousseau nie qu'on puisse faire de bonne musique
sur des paroles françaises ; Gluck lui présente son *Orphée*, et
Piccini sa *Didon* : que répondre à cela ? Lui-même a donné
au théâtre une pastorale qu'on y applaudit encore, et ce n'est
pas une des moindres singularités de ce grand écrivain. Il en a
fait une espèce d'amende honorable, qu'on trouve à l'article
Copiste, de son *Dictionnaire de Musique :* « Je n'ai fait que de
» la musique française, dit-il, et je n'aime que l'italienne. »
Les Français, qu'il a peu ménagés, et qui ne se sont vengés de
lui qu'en lui portant les tributs de la plus profonde admiration,
l'ont récompensé de sa singulière modestie, en écoutant et en
applaudissant la charmante musique du *Devin du Village*. Elle
plaît encore au théâtre, et nous espérons qu'elle y plaira
toujours.

Que sert, au reste, cette distinction qu'on entend faire sans
cesse entre les deux musiques ? Aimons la musique italienne,
sachons jouir de ses chefs-d'œuvre innombrables ; mais ne
dédaignons pas tant la musique française qui nous a offert
quelquefois de très belles pièces qui ont survécu aux perpétuelles
variations du goût et des formes musicales. Ne mettons pas
notre gloire à diminuer et à avilir nos richesses.

6 La musique supplée à son heureux délire.

On parle ici du récitatif obligé.

7 Introduire en passant la vive cavatine.

« *Cavatine*, en italien *cavatina*, est, dit M. Framery, un
» diminutif de *cavata*, qui veut dire ôtée, retranchée. C'est
» une portion de récitatif soumise à la mesure, et, pour ainsi
» dire, séparée du reste. » (*Encycl. Méthod.*, art. Cavatine.)

8 Saint-Huberti nous peint cette reine sensible.

Mademoiselle Saint-Huberti, actrice célèbre du théâtre de
l'Opéra.

9 Elle chante un air tendre et plein d'expression.

L'on désigne ici cette espèce d'air qu'on appelle en Italie
l'aria parlante, et en France *l'air d'expression*.

10 La voix de Baletti, si légère et si tendre.

Mademoiselle Baletti, jeune Allemande, première chanteuse du théâtre de Monsieur.

11 De ses accords touchans le charme pur et doux.

L'on entend parler ici du *cantabile*. C'est un adjectif italien qui signifie *chantable*, *commode à chanter*, ce qui est fait pour être chanté ; l'espèce de morceau « où l'on doit réunir tous les » moyens, tous les pouvoirs, tous les ornemens du chant. » Le mot *cantabile* s'emploie quelquefois ; cependant, on n'a pas osé hasarder cette expression dans la langue poétique un peu trop dédaigneuse peut-être, et qui s'accommode difficilement des termes d'art.   (*V. Encycl. Méthod.* , art CANTABILE.)

12 Renaud vient de sa voix exercer la magie.

Mademoiselle Renaud, habile cantatrice et actrice du Théâtre-Italien.

13 Dans un air difficile étalant son savoir.

Cette troisième espèce, si vive et si brillante, est celle que les Italiens appellent *l'aria di bravura* ou *d'abilita*, et que nous appelons *l'air de bravoure*, ou *d'exécution*.

14 Que j'aime du trio le pouvoir harmonique !

L'accord parfait donné par la nature est composé de trois sons le son fondamental, ou la tonique, sa tierce majeure et sa quinte. Le trio se forme aussi du même nombre de sons ; ce qui, suivant les musiciens, constitue la perfection harmonique.
      (*V. Encycl. Méth.* , art. ACCORD.)

15 Et l'étranger long-temps attacha peu de prix
    A cet œuvre superbe admiré dans Paris.

On ne trouve guère d'autres chœurs dans les opéras de Métastase que ceux qui les terminent, et qui sont presqu'entièrement étrangers à l'action.

16 D'un cantique sacré fait retentir son temple.

On veut parler ici du beau chœur des *Indes Galantes* :

    « Brillant soleil ! »   (*Mus. de Rameau.*)

7

17   Ils ne jettent qu'un cri, c'est le cri des alarmes.

C'est le chœur qui termine le premier acte de *Castor et Pollux.*

18   Piccini se plaisoit à vous les présenter....

Voyez la notice sur Sacchini imprimée dans le *Journal de Paris* en 1787. On y lit ces mots :

   « Ces grandes masses d'harmonie et de chant, où on ne voit
» rien d'oisif, où toutes les parties tendent au même but, où
» l'on ne distingue pas une mesure inutile, où enfin chaque
» partie forme séparément un chant si bien suivi, si bien
» modulé, que, même isolée, elle devient un morceau capital. »

                  (*Encycl. Méthod.* , art. CHŒUR.)

19   Piccini nous retrace un touchant souvenir.

Après la mort de Gluck, Piccini proposa d'ouvrir une sous-
cription pour fonder un concert annuel en l'honneur de ce grand
artiste, à l'imitation de la commémoration d'Handel, qu'on
célèbre tous les ans à Londres. Ce beau projet resta sans exécution.   (*Encycl. Méthod.* , art. CONCERT.)

20   Souviens-toi de Vinci dans ton sein appelé,
        Et dans son lit de mort par François consolé.

Léonard de Vinci, Florentin, l'un des plus grands peintres
de son siècle, cultiva aussi la poésie et la musique. Appelé à la
cour de François Ier, il mourut dans les bras de ce prince. Ce
trait d'histoire, également honorable pour le monarque et pour
l'artiste, a fourni à M. Ménageot le sujet d'un beau tableau qui
fut exposé au Salon du Louvre en 1781, et y fixa l'attention des
juges et des amateurs de la peinture.

21   Farinelli, l'honneur de la belle Italie....

   « Carlo Broschi Farinelli, le plus grand chanteur de son
» temps. Philippe V lui accorda une pension de 80,000 liv., et le
» fit chevalier de l'ordre de Saint-Jacques. Il l'éleva enfin à un
» tel degré de faveur, que Farinelli étoit regardé comme son
» premier ministre. Ce qu'il y a de plus extraordinaire, c'est
» qu'au lieu d'être étourdi et enivré de son élévation, il n'ou-
» blia jamais qu'il n'étoit qu'un musicien. Il mit tant de modestie
» et d'égards dans ses relations avec les nobles de la cour d'Es-

» pagne, que personne n'envia sa faveur, et qu'il obtint même
» l'estime et la confiance générale.

» Son crédit fut à peu près le même sous le successeur de
» Philippe V, Ferdinand VI, qui ajouta l'ordre de Calatrava à
» celui de Saint-Jacques, dont Farinelli étoit déjà décoré. »

(*Encycl. Méthod.*, art. CHANTER.)

22 L'heureux Caffarelli des enfans de son frère
    Dans Naple au rang des ducs éleva la misère.

Caffarelli, contemporain, compatriote et rival de Farinelli,
le même dont il a été déjà fait mention dans les notes du chant
deuxième. Il mourut à Naples, sa patrie, en 1783, après avoir
acheté un duché pour son neveu, qu'il a fait son héritier, et
qui porte maintenant le titre de duc de Santo-Dorato.

(*Encycl. Méthod.*, ibid.)

23 Iomelli fleurit auprès de Wirtemberg.

Nicolas Iomelli, né à Atena dans le royaume de Naples,
en 1714, mort à Naples, en 1774.

L'auteur du poëme de *la Musique* fait un magnifique éloge de
ce célèbre compositeur :

« . . . . Cuya muerte
» A Napoles dexaba sin consuelo. »

et met dans sa bouche les principes de la musique dramatique.
(*V. Canto quarto.*)

« Despues de ser maestro de uno de los conservatorios de
» Venecia, dit don Thomas de Yriarte, y servir tam bien en
» la iglesia de S. Pedro di Roma, paso, llamado, a la corte del
» duque de Wittemberg, en donde permanecio muchos anos,
» tratado con suma distincion, y recompensado generosamente
» por aquel principé. »   (*Adv. sobre el canto quarto.*)

24 Aux remparts de Berlin, au camp de Friedberg....

Quantz, le maître de l'Aulètes moderne, du grand Frédéric.
L'élève égala le professeur.

Friedberg, en Silésie. C'est près de ce lieu que le roi de
Prusse remporta une grande victoire sur l'armée de Marie-

Thérèse, commandée par le prince Charles de Lorraine. C'est là qu'il écrivit à Louis XV :

« J'ai acquitté à Friedberg la lettre de change que vous avez
» tirée sur moi à Fontenoi. »

25   Tandis que d'un beau chant, par les Grâces dicté,
      Hasse alloit près du trône enchanter la beauté.

Jean-Adolphe Hasse, né au commencement du dernier siècle à Bergendorf dans la Basse-Saxe. Il étoit connu en Italie sous le nom du Saxon (il Sassone). Il fut maître de chapelle de l'électeur de Saxe ; mais Vienne fut principalement le théâtre de sa gloire. Il y fut appelé par Marie-Thérèse, qui, comme on sait, fut aussi célèbre par ses grands talens pour le gouvernement et par la protection éclairée qu'elle accorda aux arts, que par sa rare beauté. Voici des vers pleins de grâce et d'élégance que le comte Algarotti a écrits sur cet habile maître :

« Risuona d'Hasse sotto all' agil dito,
» Che gli affetti del cuor, del cuor signore,
» Irrita, e molce a un sol' toccar di lira
» E pieta, com' ei vuol, sdegno, od amore,
» Nuovo Timoteo in sen d'agosto inspira.... »

          (*Encyol Méthod.*, art. ALLEMAGNE.)

26   Les Gémeaux de Handel ont ramené la fête.

Cette grande fête, si honorable à la musique et à la mémoire du célèbre Handel, dure au moins trois jours. La première année de son institution, elle devoit être célébrée le 20 d'avril, jour anniversaire des funérailles de ce grand compositeur, et successivement le 22 et le 23 ; mais la dissolution imprévue du parlement la fit remettre aux 26, 27 et 28 de mai, époque de l'année plus favorable au concours des auditeurs. On trouve dans *l'Esprit des Journaux* (août 1787) un article assez étendu sur « l'origine et les progrès de la première commémoration » instituée en l'honneur de Handel, tirée de la relation que le » docteur Burney a donnée des concerts de l'abbaye de West- » minster et du Panthéon. »

Je vais en extraire les morceaux les plus propres à donner au lecteur une idée de cette grande fête musicale, et à éclaircir quelques passages de cet épisode.

« Presque tous les musiciens du royaume, pénétrés de respect
» pour la mémoire de Handel, s'empressèrent de témoigner
» leur zèle pour l'entreprise, dès qu'ils furent informés du
» projet ; et plusieurs des plus éminens professeurs, renonçant à
» toute prétention de préséance dans la troupe, offrirent de
» s'employer à toutes les parties inférieures, où leurs talens
» pouvoient être utiles.

» Afin de rendre la troupe aussi forte et aussi complète qu'il
» étoit possible, il fut résolu d'employer toute espèce d'ins-
» trument qui étoit en état de produire de brillans effets dans
» un grand orchestre et dans un édifice spacieux. Parmi ceux-
» là la saquebute ou double trompette parut essentielle ; mais
» cet instrument avoit été pendant tant d'années hors d'usage
» dans le royaume, qu'on ne put trouver ni l'instrument ni un
» seul musicien capable d'en jouer. On découvrit à la fin, après
» bien des recherches inutiles non-seulement dans l'Angleterre,
» mais par lettres dans le continent, qu'il y avoit dans la
» musique militaire de S. M. six musiciens qui jouoient les
» trois différentes espèces de saquebute, le tenor, la basse et la
» contre-basse.

» Le double basson est un tube de seize pieds : il avoit été
» fait sous les yeux de Handel par Hainsby le luthier, pour
» le couronnement de feu S. M. Georges II. L'ingénieux
» M. Lampe, auteur de la musique justement admirée du
» *Dragon de Wantley*, auroit dû en jouer ; mais au défaut d'une
» anche convenable, ou pour quelque autre cause à présent
» inconnue, on n'en fit pas usage alors. Et en effet, quoiqu'on
» l'essayât souvent, il n'avoit jamais été introduit dans aucun
» concert en Angleterre, ce ne fut que dans celui-ci qu'on
» éprouva combien il étoit brillant dans un orchestre, et puis-
» sant dans ses effets.

» . . . . . . Les tambours que le duc de Marlborough prit
à la bataille de Malplaquet, en 1709, et qu'on conserve à
l'arsenal, servirent aussi à cette occasion.

» . . . . . . La capitale ne fut jamais aussi peuplée qu'à cette
occasion, excepté peut-être au couronnement du roi. Plusieurs

» musiciens des parties les plus éloignées du royaume s'y ren-
» dirent à leurs propres frais pour y remplir un rôle.

» Les étrangers, et surtout les Français, doivent avoir été
» étonnés qu'une troupe aussi nombreuse ait pu se mouvoir dans
» la plus exacte mesure, sans l'aide d'un coryphée qui la battît.
» Rousseau observe que plus les temps sont battus, moins ils
» sont observés ; et il est certain que quand la mesure est rom-
» pue , la fureur du directeur augmentant avec la désobéissance
» et la confusion de la troupe , il en devient plus violent , et ses
» coups et ses gestes plus ridicules, en proportion du désordre.

» Cette commémoration est non-seulement unique dans son
» espèce , mais elle est aussi la seule où une si nombreuse troupe
» de musiciens ait exécuté un concert sans l'assistance d'un direc-
» teur d'orchestre ; et cependant la précision étoit aussi remar-
» quable que l'étoit la quantité de voix et d'instrumens employés.
» Les mouvemens dans chaque membre , et les battemens dans
» les veines et artères d'un animal ne sont pas plus réciproques ,
» plus isochrones et plus subordonnés au cœur , que ne l'étoient
» les membres de ce corps de musiciens entre eux , et à l'ensemble.
» La totalité du son sembloit sortir d'une seule voix et d'un seul
» instrument, et sa force produisoit non-seulement des sensa-
» tions neuves et exquises dans les juges et les amateurs de l'art ,
» mais fut sentie même par ceux qui n'avoient jamais éprouvé
» aucun plaisir à la musique auparavant.

» Ce concert a pris des accroissemens tous les ans , quoique
» dès l'origine il n'en paroissoit plus susceptible. La liste des
» musiciens qui doivent le composer cette année se monte à huit
» cents. La direction a toujours eu parmi ses membres plusieurs
» pairs du royaume , et elle en compte sept cette année.

» La recette annuelle produit régulièrement seize à dix-sept
» mille louis.

» Ce récit , s'il parvient à la postérité, paroîtra peut-être
» fabuleux. Il le paroîtra même à ceux qui n'ont pas été témoins
» de ce grand spectacle. Le docteur Burney , qui nous sert de
» guide , a été employé pour en faire la description.

» . . . . Cette année (1787), on a célébré l'anni-
» versaire de Handel le 28 et le 31 de mai, le 2 et le 5 de juin.

» Dans le premier et le troisième concert, on a exécuté des
» pièces choisies, toutes composées par Handel ; dans le second
» et quatrième, son fameux oratorio du *Messie*. L'orchestre
» étoit composé de plus de huit cents musiciens, tous distingués
» par leurs talens, dont cent vingt violons, trente-six altos,
» trente-quatre hautbois, six flûtes, trente-quatre bassons, vingt-
» quatre violoncelles, dix-huit contre-basses, neuf trombons,
» quinze trompettes, douze cors de chasse, quatre paires de
» timbales, et cinq cent trente voix, sans compter les pre-
» miers chanteurs et chanteuses. La famille royale a assisté aux
» quatre premiers concerts. Au premier, le concours fut si
» grand, qu'on a dû refuser plus de cinq cents entrées ; les
» autres n'ont pas été moins suivis. »

27 Cependant cette tour antique et redoutable.

La tour de Londres, prison des criminels d'Etat.

28 Il voit Nelson marchant auprès de Devonshire.

L'amiral Nelson. La duchesse de Devonshire, femme aussi cé-
¦èbre par les agrémens de son esprit que par sa rare beauté. C'est
d'elle que M. Delille a parlé dans le poëme des *Jardins* (édit.
de l'an IX) :

 « Soit que dans ce salon, où la toile respire,
 » La Flandre et l'Ausonie offrent à Devonshire
 » D'innombrables beautés qu'efface un de ses traits. »

29 Bates, levant la main, commande le silence.

M. Joah Bates, écuyer, directeur du concert.

30 Ce Messiah toujours présent à la mémoire.

Messiah, *Messie*. C'est le titre d'un grand oratorio de Handel
qu'on exécute souvent en Angleterre.

FIN DES NOTES DU CHANT QUATRIÈME.